李美怡 Cathy Lee 著

走肉尋味

——蔬食旅人之台北漫吃散策記

使人又妒又恨的Cathy！

香港中環，由一幅古老的監獄高牆及數幢矮房夾擠出的一條小巷，中午灑下樹影，新開的一個小畫廊，這刻沒客，畫廊女主人「叮叮咚咚」敲打放在畫廊一角的鋼琴……

百分百日本推理小說改編拍成電影開場引子的鏡頭，然後……

然後，推理小說的發展總是會出人意表的！畫廊少女主人Cathy用她挑選的畫作打開我們視覺之障後，再用素食打開我們的味覺之障！結果就出現了你正拿著的這本書！中間的過程，我想是一條叫「創意無限」的橋樑。

我懂，吃有很多層次，很多意義，由裏腹到領聖體，放東西進入口中，再進入身體，像參觀巴黎龐畢度博物館般，總令人神馳。而Cathy的素食？大概是Brancusi的雕塑、Matisse的素描，還有Keith Haring的調皮，吃下去，如吃下一口口的Herbie Hancock，有的是不斷的歡愉與快樂……

Cathy，你是用甚麼方法做到的？使人又妒又恨！

尊子
香港漫畫家

生命的溫度計——閱讀李美怡的《走肉尋味》

Cathy，李美怡，是我這幾年新定交的朋友，最早因為和她的哥哥熟識，知道她在香港開過畫廊、寫過有關素食（「走肉」）的書，第一次在台北見到她的時候，我看到燦爛的笑容，就覺得她是一位天真無邪的女子。

台北是素食者的友善之城，因為佛教和一貫道的信仰普遍，所以素食者眾，素食的店家、餐館林立。也因為國際化的關係，許多不是純素食的餐廳也會在菜單裡，留下幾樣素食餐點的選擇。

這幾年，愈來愈多的香港人喜歡到台灣旅遊或者居遊，甚至定居，重要的原因之一是台北、台灣的生活節奏和城市氛圍不像香港那麼快速，物價和房價也不像香港那麼高得令人咋舌；語言和食物的互通性極高；所以愈來愈多香港的朋友，喜歡到台灣晃晃、走走、逛逛，他們遊歷台北，也感覺台北，當然也要在台北吃東西。

這幾年，李美怡在台北待的時間愈來愈多，有時看到她在自己的臉書津津有味地說著台北，已經不是一個遊客、觀光客的角度，她帶著好奇者的眼睛，以及把台北「他鄉做故鄉」那樣的心情，為這座城市提供了不同而特別的視角。

所以，《走肉尋味——蔬食旅人之台北漫吃散策記》這本書已經不全然是一本素食的地圖，也是一種感覺台北的人文方式。

台北這座城市很幸運，有像Cathy這樣的知己，為之有情而殷切載記。在這本書裡，食物不只是食物而已，食物是生活的地圖、生命的溫度計。

許悔之

台灣詩人、有鹿文化社長

口中的台北

那年，家中老貓大病期間，食慾盡失，無論怎樣誘食，平常愛吃的罐頭貓糧碰也不碰，不吃不喝的情況維持了五天。就在心裡憂慮萬分的第六天早上，牠突然咬了一口魚肉塊。就在那一刻，生存的意志和身體的需求下，不到一茶匙的魚肉塊，將老貓全身的機能重新啟動過來，牠活過來了。

民以食為天，食物是萬物需要的最底層，不管「走肉」或吃肉，無論富貴或貧窮，人和動物總得吃，生命才得以延續下去。

兩年前，一個人來到陌生的台北，遇過種種事情，每當不如意和碰上難題時，就會不自覺想起紅透的日本漫畫家久住昌原作、谷口治郎作畫的《孤獨的美食家》，和漫畫家阿部潤的《忘卻的幸子》——醫飽肚子才是王道。然後，將食物一口一口的往口裡嚼，事情一件一件的往心裡吞。

美味的食物，讓人暫且忘掉了周遭的紛擾，盡情地細嚐料理中甜酸苦辣。彷彿，口腹之間，看見了人生。

「口」中有話，「口」裡嚐味；言從「口」而出，吃要張開「口」。朋友口中的台北，是個價廉物美的美食天堂。朋友知道我搬來台北，都說這裡是個好地方。縱然他們大多數是吃肉的，卻認為台北的素食氛圍跟我這個「走肉朋友」（不吃肉和海鮮等，在外用餐是蛋奶素，算是個方便素的人）很相配。「走肉」在台北確比「走肉」在香港，來得便利和寬心。素食早已融入了台灣社會裡，是個不以為然的飲食方式。隨意在網絡上打了「台北素食餐廳」六個字，出現了六頁，每頁約二十家餐廳，大約一百二十家的搜索結果。就連家的附近，不包括有提供蔬食選擇的，已經有六家大大小小的、有貴價有便宜的素食餐廳。那麼，「走肉朋友」口中的台北，將會是一個怎麼樣的地方呢？

食物往口裡吃，話語從口中吐。根據著名心理學家沸洛依德，一歲以前，人類個體發展歷程中，口腔是第一個探索外界最敏感的部分，即所謂心理學說裡的「口腔期 Oral Stage」。嘴巴是我們探索這個世界的一道門，素食成為跟人（店裡遇上的老闆、店員、人和事），以及接觸社會的一道橋。這個看來只是一時貪玩，簡單的任務，飯怎樣也要吃的啦，卻帶來意想不到的玩味，深刻了對這個地方的情感。說不上跑盡台北的東南西北，主要以大家常去的那幾個捷運站為主，但在那走過至少 150,000 步的路上，去過三十家素食（或是有提供「走肉」的蔬食菜）的餐廳，遇過一群地道的台灣人，每一句話，每一個笑容，翻過一段又一段臺北城的歷史，深深地給我發現了一個在地且溫暖的台北。

《走肉尋味——蔬食旅人之台北漫吃散策記》挑來的餐廳，不是「米其林」（港人譯作「米芝蓮」）等級的；有些是「走肉」（賣蔬食也賣葷）的，而絕大部分是素食的；在台北，大多是只此一家的小店。除了進入寫書的最後兩個月，為湊合成書所需要的餐廳數目，而短時間內四出奔波之外，三分之二的食店，跟井之頭五郎相似，肚子「咕嚕咕嚕」的響了，就看看附近的食店，有沒有看來好吃的素食店；要不然，就滑滑手機，搜索合當下胃口的餐廳。然後，逐一的在生理需求和口福享受下完成。

《走肉尋味——蔬食旅人之台北漫吃散策記》說不上是台北蔬食指南，亦非之前以素食食譜為主的書（《走肉朋友》和《走肉家人》）和文字料理書（《走肉之味》）。它可能是一本遊記、日誌，希望透過食物、人物和事物，用文字串連成的故事，加上六個創作出來的純素食譜，記錄下我待在台北、兩年以來、口中（不管吃回來的，還是說出來的）那活生生的台北的感覺。

李美怡 Cathy Lee
文字料理作者、素食食譜創作人

目錄

＊非素食店

Cathy's Veggie Kitchen

壹

吃出人情味

拜訪錢穆故居，遇上麻油雞之飄香。。。

「你的包包是阿嬤買菜用的啊，哈哈！」老闆娘指著我揹的台灣「紅白藍」道。

「是啊，這個袋很好用的，可以塞很多東西進去的啊。」「對耶！你這個袋好好用的，鄉下人會用來洗米的……我們這個麻油雞只有冬天才供應的。你要不要試一下？」……

「那是士林耶？差不多故宮的位置啊！你跑這麼遠就為了麻油雞？」

士林算是遠的嗎？一聽到東吳大學，台灣的朋友們都驚訝起來。士林有著香港朋友最熟悉的夜市，一個乘捷運能到達的地方，真的有很遠嗎？

記得當初來台北旅遊，就有相約住在台北的朋友，在士林夜市附近的劍潭站等（對啊，劍潭站一出口就是士林夜市，別跑到士林站去，不然要走一段路的），故此，印象中的士林沒有像朋友們口中的那麼遠。

「拜託！你是跑到東吳大學去啊，比士林站還再遠一點。」

噢，原來他們是說這一點。

談到香港，國外的朋友會說張國榮（拜張國榮當年超紅的朱古力廣告所賜，不懂廣東話的韓國朋友，竟然能琅琅上口的唱出《當年情》）、周潤發（最近他來台北宣傳新電影，新聞就有報道說，不少人去找他晨跑和行山的路徑，希望能跟他合照）或者是劉德華（早陣子台灣的電視台就跟他做了個專訪）。

如果說到台灣呢？想到是彭于晏？林志玲？郭台銘？還是錢穆呢？

參觀張大千故居的時候，園丁導遊就有說，士林的地理環境讓張大師想起了四川的故鄉，因此還來這塊地來建大宅。事實上，台北有十二個區，每一個轄區範圍是很廣的，信義區不只有 101 大樓的周邊，還包括

學和歷史學者錢穆先生。

成衣批發的五分埔。士林區的面積就六十二平方公里的範圍，是十二區的第一大區，區裡除了大家都熟悉的士林夜市外，還有陽明山國家公園。由於它給大屯火山群、大崙山和大直諸山所包圍，成了不少名人的住居，當中有國畫大師張大千先生、文學家林語堂先生，還有儒學和歷史學者錢穆先生。

錢穆是誰？錢穆先生跟香港有著密切關係，他是新亞書院（當年還不屬中文大學的）的創辦人之一，更是中國當代儒學和歷史學者，畢生寫下多部著作，相信讀過中國歷史和哲學的朋友，一定有拜讀過錢穆先生的《國史大綱》和《中國思想史》等。上世紀六十年代，錢穆先生從香港移居台北，建「素居樓」，就是現在位於東吳大學校園內的獨立屋。

「素居樓」跟其他幾位大師的故居一樣，在士林區，卻不靠近夜市的範圍，走出捷運站後還得換公車，才能到達。這年台北的冬天一直下梅雨，難得早上看見太陽，我馬上收拾行裝，趁好天氣去期待已久的錢穆故居跑一趟。雖說晴天，甫一出士林捷運站，體感比市中心卻寒冷一、兩度。跳上公車，坐大約五分鐘的車程，來到東吳大學的門口。

「你啊，要不要上來?!」還沒有轉身，眼前出現另一輛公車，司機一邊開著門一邊向我這邊大叫著。

「甚麼事？不是來到大學了嗎？」摸不着頭腦的我心裡正猶豫著。

「你呀你呀，要不要上來哦？送你到校園裡呀。快點上車！」司機繼續大喊著。

噢，原來這公車直達校園內，司機見天氣寒冷，怕走路進去會冷到，好心的讓我上他的公車。我跟一位都給嚇到的女生互瞄了一下，馬上跳到公車上，正要拿出悠遊卡的時候，「不用付費啊，因為是我叫你上車的唷。」他溫馨地叮囑著。

來到「素居樓」，導覽的義工大叔說，錢先生是一九六八年遷進這裡來的。因為經濟的考量，錢穆先生跟夫人，在朋友的介紹下買了這一塊靠近東吳大學的墳地。錢穆先生一直住在這裡，至他過世的前幾年，是一所住家跟教室並用的大宅。據說兩夫婦感情超好，那時候錢先生走動不方便時，錢夫人每天都會開車送他

到達東吳大學校園，前往「素居樓」，就是錢穆先生的故居所在。

東吳大學綜合大樓東吳餐憶食堂，左手邊第一家，
就是吉利素食餐飲。

去上學的。不去學校的時候，大宅總是擠滿了錢先生的學生，光從陳列出的照片，已經能夠感受到，當年是多麼的熱鬧。

二零零一年，台北市政府修繕了這所日久失修的大宅，開放給公眾來訪，以紀念錢穆先生，也讓後輩們如我，好好認識這位儒學和歷史學者。

「沒有吃午餐，好餓啊！」

一邊參觀，一邊滑手機，看看士林哪裡有素食餐廳，心裡嘀咕：「士林夜市很出名，可是好像沒有甚麼素食的，怎樣好呢？回家附近的餐廳吃？還是去哪裡呢？」

離開錢穆故居，沿布滿紅葉樹的樓梯走著，回到東吳大學的綜合大樓前。

「對，這裡應該有學生飯堂吧?!」

就這樣，糊裡糊塗的，發現了一家隱世素食店，吃了難得一嚐的素麻油雞。說隱世，因為這素食店並不是甚麼連鎖店，台灣就只此一家。說難得，皆因台灣麻油雞成行成市，素的倒是首次遇上。

早在唐代的《食療本草》提及，麻油、薑與米酒經加熱後，就是一道冬天補品。麻油雞是來台灣必吃美食之一，走過大大小小的麻油雞店門口，麻油香隨即撲鼻，可恨自己是素食者，沒法嚐到它的味道。結果這次，事有湊巧，喜出望外，竟給我發現了這家販賣著可以說是台北最好吃的素麻油雞的隱世食店。

「你的包包是阿嬤買菜用的啊，哈哈！」老闆娘指著我揹的台灣「紅白藍」道。

「是啊，這個袋很好用的，可以塞很多東西進去的啊。」

「對耶！你這個袋好好用的，鄉下人會用來洗米的……我們這個麻油雞只有冬天才供應的。你要不要試一下？」

「我還想喝點湯，有介紹嗎？」

「要豆腐菜湯或是當歸湯？」……

大概是校園食店的關係吧，老闆娘很會聊，亦很會做生意，跟我聊到菜已出來，聊到下一個客人的到來。然後，我捧著一大盤食物，走進午後燈光稍為昏暗的食堂座位去。

這素麻油雞跟肉食的一樣，麻油味香濃撲鼻，甫一坐下，就忍不住大口大口地吃著。用上滲滿麻油醬汁的新鮮猴頭菇，好一道色香味俱全的菜式唷！加上當歸湯，天寒地凍下，身體馬上恢復過來，溫暖無比。

「好滿足，一定會再來的。」離開時不禁喃喃自語道。

上：當歸湯
下：素麻油雞飯

吉利素食餐飲

- 台北市士林區東吳大學綜合大樓東吳餐憶食堂（左手邊第一家）
- (886) 0955984367
- 星期一至五 7:00-20:00（學校假期時會休息的啊）
- 台北市淡水線士林捷運站 1 號出口，轉乘公車（304 / 紅 30 / 255 / 620 / 小 18 / 小 19）至東吳大學站，直走到綜合大樓。
- 麻油猴頭菇飯、素麻油雞飯、當歸湯

與別不同，愛上台灣的臭豆腐。。。

店員雙手戴著手套，捧著蒸氣瘋冒出來的小鍋子，「等一下唷，我去拿個小蠟燭。」然後轉過身，從門口的攤檔中拿來小爐子，燃點著它底下放有的小蠟燭。小湯鍋裡的臭豆腐和湯汁馬上「嗶嗶啦啦」的叫了起來……

媽媽不吃的東西，幾乎未曾在餐桌上看得到，比如說鱔糊（雖然聽媽媽說，爸爸跟外公很愛吃，外婆很會煮這道菜，但媽就是討厭太滑溜的魚皮，從來不會碰，就連日式鰻魚飯也不吃），還有榴槤和臭豆腐。鱔糊好像是後來跟爸爸撐枱腳（只有我們兩個一起吃飯）的時候吃過了，榴槤則在同事的誘導之下嚐過一口；至於臭豆腐呢？一直緊守到搬到台北來以後。

公館是台北市內少有的商圈（購物地帶）和夜市混雜在一起的地區，每逢週末擠滿人潮，有的專為了夜市的攤販而來，有的為了買到潮流服裝而來。秋風吹拂，天朗氣清的十月，很適合出去走走。以前來台北旅遊的時候，公館的夜市和購物商圈，算是必然會去打卡的地方，可是來過這麼多次，卻沒有聽見過有藝術村的。難得朋友休假，不用上班，相約我到公館的藝術村「寶藏巖藝術村」去走走。

走出捷運站後，前往藝術村的途中，朋友刻意領我往一家有名的飲料店進發。「這家的珍珠奶茶好好喝的。」據說是全城好喝的青蛙珍珠奶茶（當然不是說奶茶裡放了青蛙，而是形容裡面的珍珠大顆又Q彈，即「爽口彈牙」的意思），還沒有走到店前，已經看見了排隊人龍長長的，店員忙著維持秩序。

然後，朋友又提議吃點甚麼，說：「吃過了午餐沒有？我沒去過藝術村，不知道那邊有沒有東西吃，要不要去我最喜歡的臭豆腐店試試看？」

「哎喲！人家不吃臭豆腐的。」聽到「臭豆腐」三個字，我苦著臉婉拒。

「你試試看啦，我覺得台灣的臭豆腐滿好吃的。要不然，我先跟你叫一份，如果你喜歡再多點吧。」

朋友拉著我去的「得記脆皮臭豆腐」，不在飲料店這邊，而是靠近水源市場。

沒有甚麼裝潢的店舖，裡面塞滿了人。

本以為臭豆腐本身臭，賣它的店舖裡頭定必充滿一股「臭味」，可是，走進店裡，一點味道都沒有，只飄來陣陣撲鼻的藥膳火鍋味。

「要不要吃個清蒸臭豆腐呢？」

「清蒸？會不會更加臭呢？」

「不會啦，你看看，他們就在吃了。」

看著隔壁情侶手邊的小鍋子，感覺十分有趣。於是，想了想，決定奉上自己的第一次（臭豆腐的初體驗），選了素食版的清蒸臭豆腐，而朋友則挑了脆皮臭豆腐，算是店裡的招牌菜吧。

店員雙手戴著手套，捧著蒸氣瘋冒出來的小鍋子，「等一下唷，我去拿個小蠟燭。」然後轉過身，從門口的攤檔中拿來小爐子，燃點著它底

實而不華的店舖，坐滿了「臭味相投」的客人。

台式的清蒸臭豆腐鍋，飄來陣陣撲鼻的藥膳香味。

下放有的小蠟燭。小湯鍋裡的臭豆腐和湯汁，馬上「嗶嗶啦啦」的叫了起來。

「小心燙哦！」

這「清蒸臭豆腐」鍋子，應該說是湯煮臭豆腐，多塊肥美的臭豆腐泡在滿滿的湯汁之中。台灣人說的清蒸，原來跟香港說的好不一樣，還以為那是用醬油和青蔥，把臭豆腐清蒸，再淋上煮沸的食油，使臭豆腐的香味進一步的迫出來，就如清蒸石班那樣。但原來台式的清蒸可不是這樣的。

「哇，有藥膳的味道（應該有當歸的成分），這個湯好好喝啊。」

「你再試一下這個脆皮臭豆腐如何？」

招牌菜果然是招牌菜，豆腐皮炸得剛好，皮脆豆腐肉嫩，配合店裡特製的醬汁，還有台灣獨色的泡菜（又稱「酸菜」，比韓國的來得甜和酸，一點辣度都沒有），三合一，一併夾到口裡，味蕾來了個前所沒有的滿足感。

聞而不臭、吃來回甘的台灣臭豆腐，有點顛覆了從前我所認知的口味和習慣，讓我慢慢迷戀上台灣的臭豆腐。

上個禮拜，趁著下課的時候，我又故意跑了過去（因為學校就在公館捷運站旁，且上課的大樓就在水源市場的對面），買了一碗外帶的「清蒸臭豆腐」。

大家吃素的朋友，來「得記脆皮臭豆腐」光顧，請記住啊，要說清楚自己是吃素的啊，還有喜不喜歡加辣、要吃多辣（小辣、中辣，還是大辣），店員是很樂意為吃

炸得香脆的臭豆腐，配搭泡菜及特製醬汁同吃，一試難忘！

素的朋友貼心地安排的啊。

還有還有，不妨多加一個蒸煮麵啊（有點像香港那字頭麵，而分量更多一點），因為蒸煮麵吸收了含有藥材味道的湯汁，和臭豆腐一塊吃，味道簡直天衣無縫。

說著說著，口水不斷流，好想又衝過去公館那邊，買碗回家吃啊。哈哈。

熱辣辣、加了金針菇的豆腐鍋，
香噴噴的，令人回味，一吃再吃！

得記脆皮臭豆腐

- 台北市中正區羅斯福路四段 52 巷 16 弄 4 號
- (886) 02-2364 9616
- 每天 12:00 - 23:30
- 台北捷運松山新店線公館站 5 號出口，往公館夜市方向，步行 3 分鐘。
- 蒸素臭豆腐

好客小店，滿載家庭人情味。。。。。

「這個東西是我們自己煮的啊，好好吃的。」還沒有來得及回應（口裡滿是麵，哈）「送你一顆橘子。」老婦人在我的桌上放下了一顆橘子，然後施施然的坐在鄰桌空著的位子，拿起了電視機的搖控，活像是在自己的家裡面……

迪化街是不少香港朋友來台北一定會去的地方，這裡除了有一些古舊的建築物以外，也是買海味乾貨、拜月老，以及尋找台灣古早風的好地方。因為工作的關係（待在台北的這段日子，有點像當初在香港的一樣，會盡量避過觀光客會到的地點，如長洲、大澳、銅鑼灣，台北的則是淡水、迪化街和西門町等）。而再次來訪迪化街一帶，是快到中午的時分，肚子一直「咕嚕咕嚕」的叫著，於是走去熟悉的海霞城隍廟那邊，看看有沒有甚麼素食店可以吃個飽，走著找著，便到了迪化街的後頭，找到這家隱世的素食店——「如來健康素食」。

有說「we are what we eat」，我們是甚麼的人，就會吃甚麼樣的東西（簡單地直譯的話）；比如我們是素食「走肉」的，自然吃的就是蔬食啊。來到如來健康素食，除了我，店裡只坐了一個騎電單車來的客人，正低著頭在吃他點來的麵食，心裡正要驚嘆：「我是不是來了不該來的時間呢？這裡快要關門了嗎？」「還是……我來了黑店？這裡的東西不好吃的呢？」、「怎麼午飯的時間，店裡只有一個客人呢？」……心裡有很多無謂多餘的想法湧現。

「要吃甚麼？」一直背著我，在灶頭前煮呀煮的老伯伯，回過頭來，瞄了我一下。

「我不知道啊，還在看。」

「我們的東西好好吃的，都很健康的，你慢慢看吧。」

然後，我轉身往那看似平常家裡的客廳去。

為甚麼這麼說呢？因為店裡沒有特別的裝潢，椅子跟桌子排列得有點像小時候下課回家打開家門的客廳，親切得來，有點不太像是餐廳的店子。

「我要一碗山藥麵。」

「好的，你慢慢坐，那邊有水和杯子，自己來啊。」老闆指了一下，繼續埋首往灶頭和鍋子去。

騎士看了我一眼，一臉莫名的，好像要警告我的樣子，我心裡猶有餘悸的，拿起了仿如家裡用的馬克杯子，自行去裝一杯開水。

店主自家製的辣椒油，材料十足，放在「憤怒鳥」造形的馬克杯子中。

「好一餐不好又一餐，先喝杯水，再看看吧。」

老闆笑咪咪的端過了山藥麵，我下意識的，走到鄰桌，往那個罐子盤裡挑，找辣椒油。

「這個就是唷。」我看著那個「憤怒鳥」的罐子，正要猶豫的時候，冷不防老闆的聲音在我的背後經過。

正要夾起第一口麵條的時候，一個老婦人從門口直衝過來，走到我後面的小廚房，這一刻，一陣橘子的柚柑味撲鼻而來。

「哎呀，真的好一個家居感的餐廳啊，連熟客都這樣的自然奔放，哈哈。」我心想，才吃了一口，正要把「憤怒鳥」裡的辣椒油加進湯麵去——

「這個東西是我們自己煮的啊，好好吃的。」

還沒來得及回應（口裡滿是麵，哈）——「送你一顆橘子。」老婦人在我的桌上放下了一顆橘子，然後施施然的坐在鄰桌空著的位子，拿起了電視機的搖控，活像是在自己的家裡面。

「你怎麼會來這裡的啊？」

「我是路過的，剛好餓了，找到這裡來。」

「我們呀，這裡的東西都很健康的，我們都在這裡吃的。」原來她不是甚麼鄰居老婦人，而是這店的老闆娘。

「我呀，以前是開肉食店的，只是後來有了信仰，把店改成素食，這一改就十多年了。這個辣椒我們自己炒的，外面沒有的啊。」

「老闆娘你知道怎麼挑糯米椒嗎？」我遞過昨天從市場裡買回來，辣到不成的「糯米椒」（聽說真的糯米椒是不辣的）的照片給老闆娘看。

「我也不知道啊，有時候在市場裡買到的，多是騙人的，辣到爆炸。哈哈！」老闆娘直率得可愛，說時遲，那時快，自己大笑了起來。

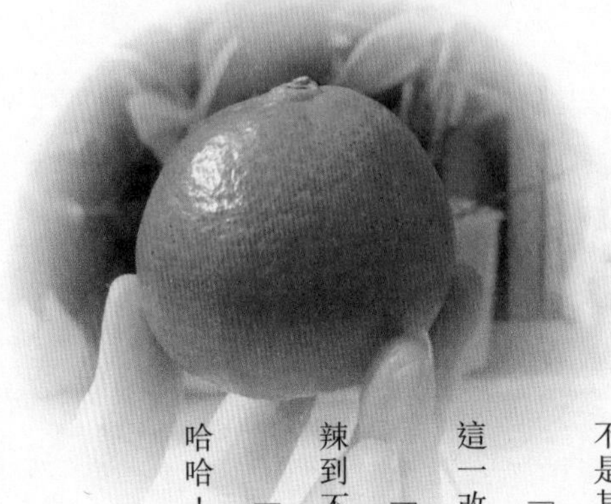

上：蔬菜紅燒麵
下：猴頭菇飯

「你住在台北嗎？」「你做甚麼工作的？」「你喜歡這麵食嗎？」大概談得開吧，突然間一堆問題飄過來，活像是家裡的前輩，每到了過年拜年的時候，就口袋裡塞滿一大袋的生活問題，來好好發問一樣的。

「你是寫書的？好厲害啊。」「那你覺得我們的東西如何？好吃嗎？」老闆娘繼續看著正在播放宗教節目的電視機，老闆一邊插嘴，一邊往返廚房和「客廳」之間。不消一會，時間已經來到了兩點了。

「你們要關門了嗎？」

「沒事，你慢慢吃！」

接著迎來三、四位的新客人，正要進店裡來。這回，老闆娘出馬，馬上走到門口旁的灶頭去，默默煮起了客人點的菜。

「我走啦，下次再來跟你們聊。」

老闆娘見狀，立即雙手往圍裙擦，拿出抽屜裡的筆和紙，「你可以把將要出版的書名寫給我嗎？」沒想到隨便的閒聊，老闆娘真的有聽進去的。

「《走肉之味》，我叫李美怡。」

「好的，等出來了，我要去書店裡找！」乾淨利落，老闆娘又轉身回去煮呀煮。

「我可以跟你拍張照片嗎？」

「不要啦，你跟老闆拍就好了。」然後，我拍了一張，老闆娘背向我們的「三人照」。

如果說 we are what we eat，那麼，這店就是「they are what they cook, they are what they present」，平實中見滿滿的人情味。

如來健康素食

台北市大同區延平北路二段 144 巷 20 弄 4 號

(886) 02- 2552 0020

11:00 - 14:00 逢星期日休息

台北捷運新店松山線北門站 3 號出口，往迪化街方向，步行約 15 分鐘。

養生山藥麵、猴頭菇飯、蔬菜紅燒麵

淡水櫻花下，吃一碗老媽子麻醬麵。。。。。。

接過煮來的麵，老闆雙手剛好沾了點水，應該是洗碗洗手時留下來的吧。不知怎的，就在觸碰的那一刻，我，想起了媽媽，一股家庭味湧上心頭……

初春來了，天氣變得和暖，愈發潮濕，街道旁的樹開始一片嫩綠，樹下的花朵亦來爭艷一番。人家說初春時分，氣溫回升，春光明媚，正是出國旅行的好季節。想起春天，憶起了粉紅色的花朵——櫻花。日本奈良吉野山、姬路城、東京櫻花道等等，邊賞櫻花，邊喝酒吃個野餐的畫面，一一呈現腦海，而我的櫻花經驗卻統統不在日本。

第一次接觸櫻花是在英國，沒錯，你沒有看錯。當年在英國讀書，發現校園裡有著兩棵獨一無二的櫻花樹。據說當年一些日本留學生，來了這邊讀書，因為思念家鄉，便決定把種子帶來種下這兩棵樹。結果，多年後，人去樹留，成了校園每年三、四月份的重要景點。兩棵櫻花樹個子雖不高，但花絮飄飄的浪漫，為孤身留學的我，也帶來了點點安慰。不知道，它們現在是否還安好在校園裡呢？

又想起那年四月，剛剛創業的我，忙碌得喘不過氣來。趁業務空檔，一意孤行出走旅行，大概是哈韓的緣故吧，特意來了韓國慶州，香港朋友不太會去的地方。一心只想忙裡偷閒，全心放空，所以，連旅遊書和網絡上博客的資料都沒看，漫無目的隨性地出去遊走。結果，遇上了櫻花絮紛飛的季節。還記得那家有小陽台的餐廳，微風吹拂下，邊看著櫻花絮飄，邊喝著韓國的東東酒（酒水呈奶白色，是用糯米、麥、麵粉和水等發酵而成，多用銅水壺或陶瓷大碗盛載給客人喝的韓國傳統酒）的畫面。

日本和韓國以外，台灣大概是另一處讓我迷戀櫻花的地方。一月至今，朋友傳來多張台灣各地櫻花盛開的照片；便利商販特設櫻花節貨欄，擺滿了跟櫻花有關的各國飲料和小吃；不少食肆推出櫻花特飲和套餐，好一個全城粉嫩的季節。

台灣櫻花花期有兩趟，首輪大約在一月中至底左右，次輪在三月。陽明山是重要賞櫻花的地點，花期到來，山頭布滿粉紅色，嚴肅中見粉嫩的可愛。

客家老媽子的古早味店子，在淡水老街上。

淡水天元宮不在淡水，實在陽明山山腳靠近淡水的位置，是一所供奉玉皇大帝的寺廟。

「為甚麼連平日都這麼多人？我們每年都來賞花，為甚麼今年人特別的多？」

擁擠的接駁公車上，鄰座的太太團如此說。

不知道今年賞花人潮是否比去年多，反正於我是第一趟，亦是新奇的第一次。網絡照片看得多，親身看見天元宮塔被櫻花重重包圍倒是首次。人山人海的同時，腦海中不禁勾起那年韓國櫻花林的壯觀。

花了來回總共一小時多的車程，終於回到淡水捷運站。

「咕～」肚子空蕩蕩，待在台北這段日子，很少涉足淡水（畢竟遊客區人多，而東西又不見得比外面的好吃），本打算轉身離開回家的我，卻在打鼓的肚

右：自製辣油。
左：老媽子麻醬麵。

子命令下，迫著在捷運閘前回頭，再次踏足淡水老街，去找點東西吃。

走著逛著，來到一家名叫「客家老媽子的古早味」店子。

這不是素食店，黃昏日落下的平日，開著的麵店不多，看見內裡有趣的塗鴉牆，好奇心下忍不住入去找找看。

「歡迎，看看想吃甚麼吧。」

大概是平日吧，傍晚七點的麵店只有我一個顧客，老闆熱情的走出來，給我介紹熱門的牛肉麵。

「我吃素的，有『走肉』的嗎？」

「蛋奶素？」老闆誠懇地推介著，「這個吧，麻醬麵，要不要試一下？」說罷老闆快步走入玻璃窗後的小廚房，「呼呼叭叭」的，煮來熱騰騰且滿布麻醬的「老媽子麻醬麵」。

「加點辣油更好吃啊，這個辣醬是我自己造的。」

接過煮來的麵，老闆雙手剛好沾了點水，應該是洗碗洗手時留下來的吧。不知怎的，就在觸碰的那一刻，我，想起了媽媽，一股家庭味湧上心頭。

「老闆，牆是可以亂畫的嗎？」

「可以啊，我來給您找支好寫一點的筆。」

「喀嗟喀嗟」的，老闆努力的往筆筒裡面找。接過了麥克筆，找來一道看來比較少塗鴉的位置湊熱鬧起來（其實不太容易的，整個店舖的牆，除了身高不能到的地方，幾乎都已布

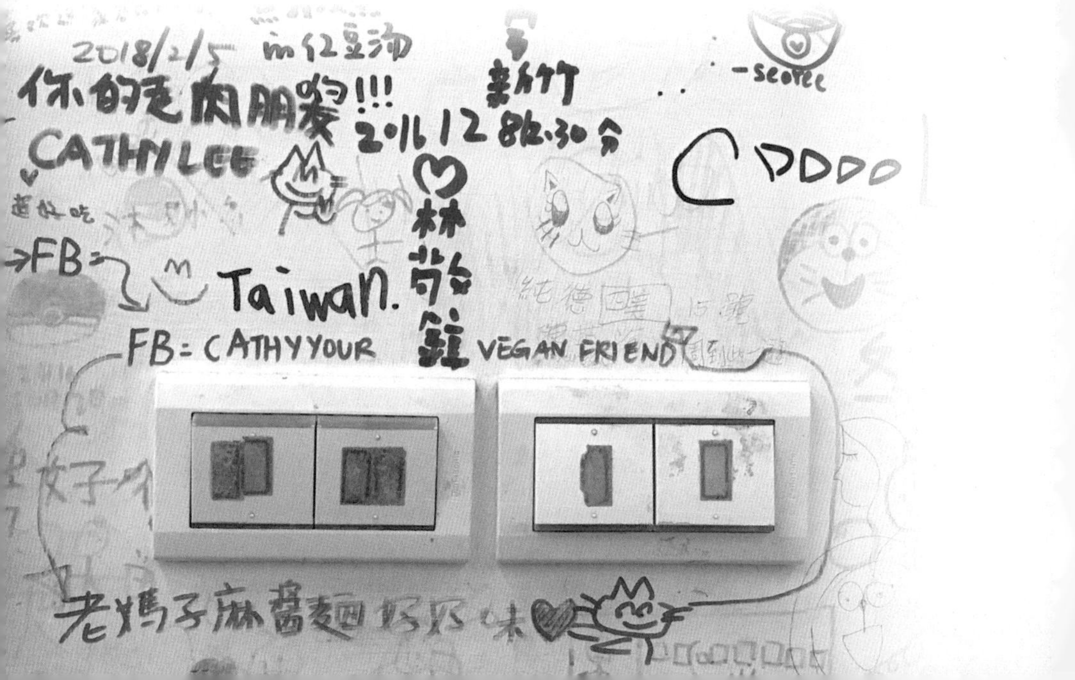

滿了客人們的留言和塗鴉），如是，我這個「走肉朋友」，在這家小小的麵店裡，成功留下了一個記印，日後有幸來到這小店的朋友，不妨找找看，看看還能否找到我當初留下的筆蹤（如果找到的話，請發我照片啊。謝謝～）。

注意週一休息喔。

客家老媽子的古早味

- 新北市淡水區中正路 294 號（淡水老街郵局斜對面、馬偕街旁）
- (886) 02-2621 4225
- 星期二至日 11:00-20:00
- 台北市淡水捷運站，沿淡水老街，步行 15 分鐘
- 老媽子麻醬麵

在慢生活之中，感受好人好事。。。。

「小姐，這、這是、是你的飲料、料……」店員看來有點怕生，面對我這個陌生的客人，眼睛一直沒跟我的碰上，只是默默地、細心地，放下我剛才點選了的「文青茶」（綠茶）……

那是一個炎熱的夏天，忙完早上的會議，連午餐都錯過了，肚子叫個不停。大家知道嗎？台北 101 大樓附近，尤其是靠近市政府大樓的一段，即市政府廣場的一帶，非常的空曠，烈日當空之下，無所遮擋，抬頭看看大廈上的巨形溫度計，正午的溫度上升至攝氏三十三度。攜帶在身的水壺的水早已給喝光了，想要找個飲水機，也想躲躲猛烈的太陽，亦好想找個地方坐下來吃個下午餐，看見馬路對面的市政府大樓，便立馬飛奔過去。

台北市政府大樓就如香港灣仔的政府綜合大樓，裡面有著主要的政府部門，一進門口，門牌就寫滿了多個政府部門的名字，由商業登記到民間的法律諮詢，甚至小劇場都有。由於是位於台北信義區的中心點，鄰近又是新光三越和誠品書店商圈，可說是四通八達。每年雙

Enjoy 台北餐廳（喜憨兒）位於台北市政府大樓南區 1 樓。

十國慶的升旗典禮，就在這大樓對開的市政府廣場舉行。

「好涼快啊！」台北市政府提倡室內的冷氣要保持在攝氏二十六度左右，大概是外面的太陽確實過猛了，大樓裡面的溫度，跟街頭炎熱的天氣，感覺上還是有很大反差。我找到了飲水機，把水壺盛滿，還不捨離開涼快的大樓。多待一會後，正要走離東大門的時候，看見了這家名叫「Enjoy 台北餐廳（喜憨兒）」的餐廳。

「咕嚕嚕～」肚子順勢的叫喚著。

同樣坐落於政府大樓裡的餐廳，讓我想起了香港大會堂跟尖沙咀文化中心裡的咖啡廳。在香港的時候，滿歡喜去中環的大會堂吃個下午茶，光是望著玻璃窗外的紀念花園，看看行人的走動，或是結婚夫婦和親友的歡樂大合照，簡單的套餐也頓成了午後的樂事。

Enjoy 台北餐廳（喜憨兒）是一家沒有甚麼華麗裝潢的餐廳，長長的店舖，前端是水吧和收銀櫃檯，兩旁擺放了糕點和剛出爐的麵包。

「小姐，你、你、你幾位唷？」店員懇勤地招呼著。

「一位，可以坐後面嗎？」

「可、可以……」

「點餐請往前面的櫃檯，點好了回來坐，我們的店員會為你送餐來的哦！」另一位看來比較資深的店員（店長？）上前，為剛才的店員補充著。

「小姐，這、這是、是你的飲料、料……」店員看來有點怕生，面對我這個陌生的客人，眼睛一直沒跟我的碰上，只是默默地、細心地，放下我剛才點選了的「文

放滿糕點及麵包的櫃檯。

上：三文治餐
下：文青茶

青茶」（綠茶）。

此時聽見鄰座客人的對話：「他為甚麼不問你要不要把發票印出來？」（這半年來，台灣政府都在鼓勵市民改用電子發票，以減少紙張發票的數量，所以不少店舖，都習慣在印發票以前，問一下客人是否需要列印出來的。）「沒關係啦，反正發票的資料有儲存在悠遊卡裡。」「怎麼了？」「我覺得那收銀的，跟其他店員不太一樣，可能是心智有障礙的人啊。」「怎麼說？」「他有點怕人，動作跟對話也有點不同啊。」「噢，原來這樣。真好，這店家會聘請他們啊。」「真的。」

「小姐，一切還好嗎？」或許是下午時分，來店的客人比較少，看來像店長的，走過來向我問候道。

「可以請問一下嗎？請您不要介意啊。」

「沒事，怎麼了？」

「請問這家餐廳是否跟外面的，有點不一樣呢？」

店長咪咪笑的：「哈哈，客人您是說店員嗎？大概你有發現到了吧？是的，我們是一家專門聘請心智有障礙的、剛好成年了可以出來打工的人。所以，我們這裡大部分的店員都是心智障礙者啊。我們的麵包就是從庇護工場送過來的哦。」

原來，這家餐廳是「喜憨兒基金會」（台灣的社會福利基金會，有點像香港的NGO）旗下的一家餐廳（他們還有烘焙店，

分店遍及台北和台南），當初是由一班家裡有心智障礙者的家長成立的，為的就是可以令心智有障礙的人，可以走出社會工作，面對人群，發揮所長。

假如大家走過信義區，不妨來這家餐廳。說實話，以信義區的物價來說，這裡的套餐美味且超便宜，一份配搭搭飲料的下午茶，才台幣九十九元。加上位於市政府大樓裡，平常路過的人比商圈那邊少很多，店裡的環境顯得相當的清靜。來這裡吃個下午茶，跟朋友談天之餘，支持一下店員們，再衝去商圈血拼，真是一個不錯的選擇啊！

Enjoy 台北餐廳（喜憨兒）

台北市信義區市府路 1 號 1 樓 南區（台北市政府大樓內）
(886) 02-2720 5208
星期一至五 08:00-18:000
台北捷運板南線市政府站 2 號出口，沿誠品通往市政府大樓的地下通道，直達（約走 6 分鐘）。
文青茶（綠茶）

- RECIPE SHARING -

BY CATHY LEE

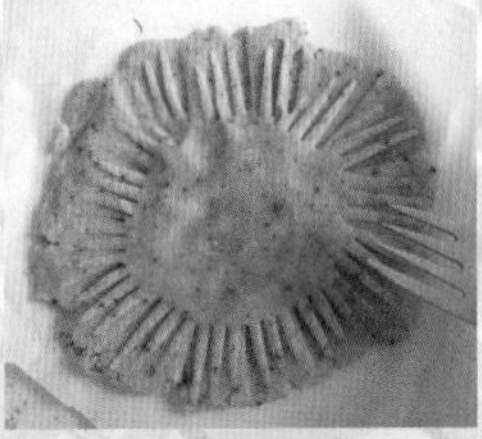
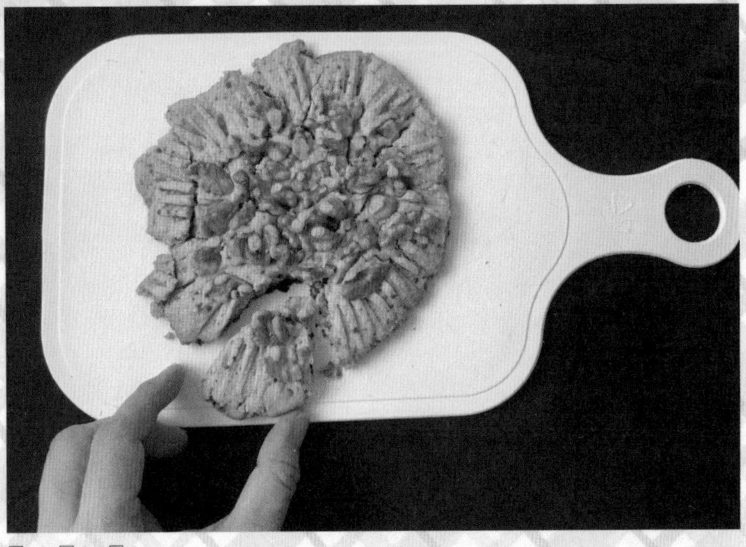

圖1·圖2·圖3
完成圖

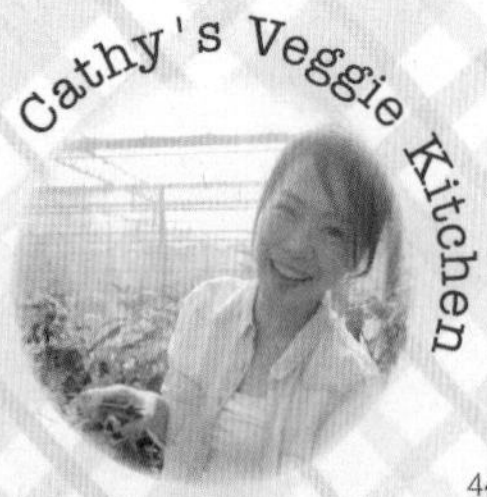

筆記：

1. 用28厘米以上的煎炒深鍋，比較方便放食物進去焗烤。
2. 這個合桃酥餅，放雪櫃中（沒有冰的地方），隔天吃更見鬆脆。

Cathy's Veggie Kitchen

合桃酥餅（免焗爐）

2 人份 | 預備時間：10 分鐘 | 冷凍時間：30 分鐘 | 烤焗的時間：35 分鐘

材料：

中筋麵粉 2 茶杯
泡打粉 3 湯匙
梳打粉 1 青豆大小 (一點就好)
原味合桃 3 湯匙

調味料：

橄欖油 18 湯匙
鹽 1/2 茶匙
黑糖 4 湯匙

工具：

28 厘米煎炒深鍋連蓋 / 焗架 / 麵粉棍 / 矽膠攪拌匙 / 麵粉篩 / 打蛋器 / 湯匙 / 焗爐用的玻璃盤 / 牛油焗紙 / 保鮮紙 / 大沙律盤 / 平面砧板 / 叉子

做法：

1. 用麵粉篩隔過麵粉比較大的顆粒，倒進大沙律盤之中，然後加入泡打粉、梳打粉、和少許鹽，加以撈勻。逐少倒進橄欖柚（圖 1），再加入黑糖，用手一併的搓揉成粉糰。
2. 將搓好的粉糰，用麵粉棍壓扁，成酥餅皮。接著，用保鮮紙包裹好，放入冰格之中，冷凍至少 30 分鐘。
3. 利用這 30 分鐘的時間，預備合桃：在原味合桃上，灑上一點點鹽，先稍作醃製一下。跟著，用麵粉棍將合桃壓碎待用。
4. 取出已冷凍 30 分鐘的酥餅皮，打開保鮮紙，平鋪在牛油紙之上（圖 2）。
5. 在表面的周邊，用叉子壓上直紋（圖 3）。然後，隨意的在表面上灑上合桃碎，用手稍為的壓合桃碎一下，讓合桃碎貼緊餅皮。
6. 以中火預熱已蓋上鍋蓋的 28 厘米煎炒深鍋。5 分鐘後，打開鍋蓋，分別放進焗架、玻璃焗盤和平鋪在牛油紙上的合桃酥餅，改以中小火，蓋上鍋蓋，多焗 35 分鐘便成。

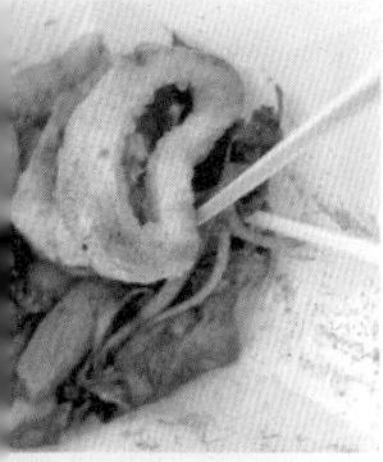
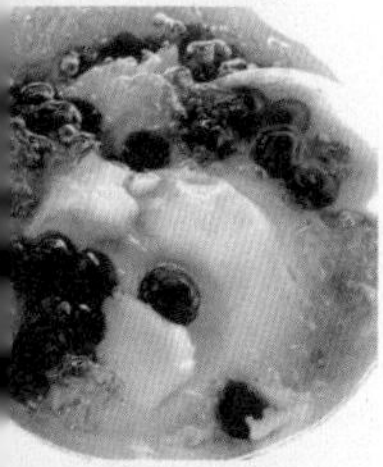

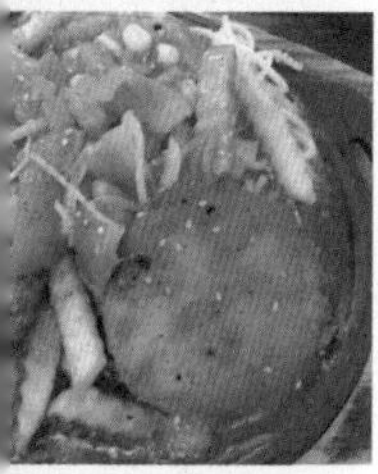

貳

回味吃貨的歷程

香脆好味，九層塔配素鹽酥雞。。。。

接過了炸好的素鹽酥雞（今次點了杏鮑菇），早已急不及待的，撕開炸過的九層塔，一葉配一炸物的串起來吃，味道配合得天衣無縫……不要以為九層塔只是調味料的一部分，跟食物一併放進油鍋裡的九層塔，除了添加了食物的香味，減除了炸物那「熱氣」（腸胃上火的意思）的感覺外，還是可吃的清甜蔬菜炸物，真的想拜託老闆下一次多加幾束九層塔啊……

香港夜市沒有台北的多，數來數去最有名的，應該是油麻地的廟街吧，而且我們好像也沒有鹽酥雞這東西吧。記憶中，類似的路邊炸物，是當年去探望外公的時候，在街頭攤販買回來的炸魚蛋。跟我差不多年紀的朋友，應該知道那炸魚蛋，跟魚蛋丸粉的那個用水燙熟的不一樣，那是好比高爾夫球般大小的魚蛋，放在大油鑊之中炸，炸來香味十足，是小時候至愛的街道小吃之一。現在，這類炸魚蛋在哪裡可以買得到？旺角近球場那邊的小食店？還是茶樓？不管怎樣了，就是回不去八、九歲那些年，那熱乎乎、放在黃色紙袋內的炸魚蛋，教人回味無窮。

公館夜市的素鹽酥雞小檔攤。

台北的夜市特別多，甚麼饒河、寧夏、通化、南機場和公館夜市等，數量多不勝數。

印象中的夜市，是一條長長的街道，為方便民眾晚上暢快地遊走，市政府索性將道路封起來，不許汽車開進去，街道兩旁的商店有的賣衣服和雜物，有的架起鐵皮小攤檔，賣北港肉羹、台南牛肉湯、北部粿、正宗潤餅等，足夠讓吃貨的旅客盡情地享用台灣各地的美食。

而公館夜市跟別的夜市不一樣，沒有直長的街道，卻換上了多條只能擺放不多於十攤檔的短小窄巷。這種不過度密集的夜市，反覺得比較好逛，攤檔也更見容易好找。

來到公館夜市，「素鹽酥雞」是我必然check-in（打卡）的攤檔。雖說外面肉食的鹽酥雞攤販也有蔬食供客人選擇，可是純素的，連油都能確保是素食人者可以食用的，好像只此一家。位於水源市場大樓旁邊的小巷，攤檔細小但還是顯眼。老闆在攤檔上貼滿了過往接受媒體訪問的剪報，加上旁邊手機號碼底下的「加盟手機」四個大字，教人一見難忘。

「打這個真的可以作加盟店嗎？」「他們有過加盟店的嗎？」朋友偷偷在耳邊問。

沒吃過台灣鹽酥雞的朋友，我先來為大家介紹一下。鹽酥雞檔子賣的不光是雞，它就像是日本的天婦羅，有雞肉、也有豬排，同時亦有蔬菜。吃鹽酥雞的朋友，只要走到攤檔前，拿起夾子，把想吃的食物夾在盤子上，或是直接的跟老闆點一份喜歡吃的菜蔬（杏鮑菇、青花菜、西蘭花、素血米糕和素肉丸等等），老闆便會現場的為客人油炸剛才夾來/點來的食物。總之，就是把肉

炸好了鹽酥雞，再撒上鹽巴和辣椒粉。

呀，蔬菜呀，加束新鮮的九層塔（即台灣出產的羅勒系香草），一併放在沸燙的油裡炸，然後，再撒上點鹽巴和辣椒粉，倒在紙袋裡，加個竹籤，輕鬆的邊走邊吃，成了逛夜市必買的小吃。

「要辣嗎？」「要！」

直截了當，老闆亦以大刀闊斧的辣粉回敬。

接過了炸好的素鹽酥雞（今次點了杏鮑菇），早已急不及待的，撕開炸過的九層塔，一葉配一炸物的串起來吃，味道配合得天衣無縫。

「把九層塔一併吃試試看，是不是更見美味？」

「嗯嗯。」

朋友默默地，用吃來回答著我。

是的，不要以為九層塔只是調味料的一部分，跟食物一併放進油鍋裡的九層塔，除了添加了食物的香味，減除了炸物那「熱氣」（腸胃上火的意思）的感覺外，還是可吃的清甜蔬菜炸物，真的想拜託老闆下一次多加幾束九層塔啊，哈哈。

「找天，等你下課以後，我再來找你，一起去吃素鹽酥雞。」後來，就連本身不是吃素的朋友也如此說，「我好想吃公館那一家啊，好久沒吃了。」看來，這個素鹽酥雞真教人回味不已啊。

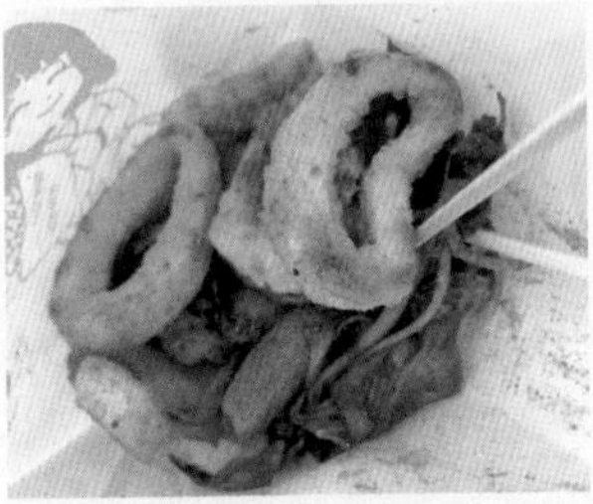
素魷魚圈鹽酥雞，配上九層塔，真的好好吃！

素鹽酥雞（公館夜市）

- 台北市中正區羅斯福路四段 108 巷（公館夜市，水源市場旁）
- (886) 0981-494997
- 每天 15:30- 22:00 （星期三休息）
- 台北捷運松山新店線公館站 1 號出口，向水源市場大樓走，步行 3 分鐘。
- 杏鮑菇鹽酥雞、素魷魚圈鹽酥雞（一定要加九層塔啊）

在老樹前的小攤檔，嚐一碗Q彈的豆花

「這個豆花很有趣，不是一般的入口即溶，反為很彈牙，有種既好玩又甜美的感覺，難以形容的口味。」後來，為了證實這一點，我把台灣的朋友拉了過去吃一趟。難得，連土生土長的台灣朋友，也覺得口感「Q彈」，跟外面的好不一樣……

這趟再來「專一豆花」的時候，正值新曆八月，即是「好兄弟月」（台灣人把「鬼」說成「好兄弟」），也就是剛好鬼門關大開的農曆七月。老闆娘跟附近的攤販和里長辦公處的人組織了起來，就在隔鄰水果攤檔那狹窄的空間，架了一張簡單的大桌子，上面放了一個插了三支大香的玻璃罐，前面擺放著各式時令水果和家庭裝的零食。

在永春市場裡的專一豆花。

「老闆娘，麻煩您，我要一份粉圓豆花。」

老闆娘見我這個客人來了，馬上轉身回到攤檔來，舀一份粉圓豆花來，「不夠甜的話，跟我說啊。」

遞過了豆花，就在這一剎那，一陣風捲過來，把那三支香吹倒了（噢，本來是沒有風的，而且水果攤檔這麼的大，太陽傘也是這麼的大，哪裡來的風啊？是因為「好兄弟」們知道了這個拜拜壇了嗎？）眼看盛著豆花的碗就要吹走了，我立刻把碗抓緊；而老闆娘呢？正撲向拜拜壇去，試著搶救著。

「這是甚麼回事啊！」她往里長辦公處去敲門，跟裡面的里長（里長也是村長，類似香港屋苑裡的業主委員會的主席，雖然是民選出來的，但那是義務工作）說著外面的情況，然後好幾個人，合力的把東西再擺放好。

「您的豆花還好嗎？」老闆娘回過神來跟我說。

在香港，這叫「豆腐花」；在台灣，叫「豆花」；在大陸，叫「豆腐腦」。

專一豆花我來過不止一次了。為甚麼我會找上這裡的豆花？一家不起眼的攤檔，一家在雜亂市場裡的攤檔，怎麼會看得上它，並且愛上了而常來呢？

事緣朋友知道我吃素，特別推介了一個台北素食店的網站，還跟我說，一定要到市場去走走，不是在大樓裡面的（南門市場或水源市場那類的），而是真的在街道上的。或許跟寫食譜有關吧，凡是跟食物和材料有關係的，不管是餐廳，或是賣食品的、專賣香料的店子，又或是市場，我都很八卦，好想去看看，去試食一下。就這樣，在網絡找呀找呀，發現了這個比較接近住宅大樓的地道市場——永春市場。

「這附近有街市嗎？」「街市，是甚麼東西？」「呀，你們好像叫市場……」

當初來台北，一直只往超市裡買菜，沒有真正落地生活過的觀光客，印象中台北只有超市。後來才知道，香港人說的街市，在台灣叫「市場」，每一個區至少有一個，還有早晨和黃昏市場之分，是我這個國外人貪方便，以前只往超市跑罷了。（香港現在也在變化中，市場不是拆了就是搬進大樓裡面。）

到台灣道地的市場逛一下，感受當地民生有關吃的日常。

在那個持續多天超過攝氏三十度的五月份，我往黃昏市場出發（一早一晚的市場，東西也較超市便宜多），打算買一點青菜，甚至不用生火的蔬菜，比如青瓜、苦瓜和水果等。大概是天候過於悶熱，沒有走到五分鐘，便汗冒如泉水。

「好想吃個冰凍的東西。」

邊擦汗，心裡邊想。走到賣小青瓜檔攤的街口時，看到了一家不起眼，彷彿隱藏了的攤販，老闆娘默默的坐在排檔旁，從大窩子裡舀出一片一片雪白的豆花。

「老闆娘，我要三碗冰豆花。」「我要兩碗。」「我也要三碗。」

一下子，突然來了兩、三個電單車騎士，

騎到攤檔前爭著說。

小小的排檔，卻一下子飄來這麼多顧客，好奇心驅使之下，我也爭著跟老闆娘說：「老闆娘，麻煩您，我要一碗冰的粉圓豆花。內用的。」

小攤檔的後面是一棵老樹，老闆臨時擺放著一些桌子跟椅子，撐了幾頂大太陽傘，簡單的擺設，多多少少讓我回到孩童時代，跟爸媽去吃大排檔的情境。

「真的，這個豆花很有趣，不是一般的入口即溶，反為很彈牙，有種既好玩又甜美的感覺，難以形容的口味。」後來，為了證實這一點，我把台灣的朋友拉了過去吃一趟。難得，連土生土長的台灣朋友，也覺得口感「Q彈」，跟外面的好不一樣，還嚷著要多買一碗帶回家給媽媽吃啊。

「Q彈」是台灣人的說法，我們香港人會形容這是「彈牙」。

後來我問了老闆娘，才知道店裡賣的豆花，是她的家傳秘方，所以吃來跟外面的非常不同。外面的是飯後甜品，吃了不佔胃；而這裡的啊，要鄭重跟大家說明一下：來之前最好不要吃太飽！因為這個特別彈牙的豆花，出奇的令人有飽滿的感覺！如果你們不相信，下來來台灣玩時，不妨抽空去永春市場走一趟，感受一下平常老百姓的生活面的同時，試試這個豆香味濃、彈牙且不平凡的豆花吧（假如你不習慣在烈日當空下，坐在排檔裡吃東西，也不用擔心，只有一站的距離，就有地下食堂，叫個外帶，把它拿去那邊吃就好了，哈）。

上：粉圓豆花
下：綜合（粉圓和花生）豆花

專一豆花

- 台北市虎林街 74 巷 1 號
- (886) 0926-556-789
- 星期二至日 08:00 - 18:30（逢星期一休息）
- 台北永春（又名虎林街）市場，台北捷運永春站 5 號出口，右轉入虎林街（往松山車站的方向），走約 8 分鐘。
- 粉圓豆花（溫的，冰的，任君選擇）、綜合（粉圓和花生）豆花

喵～遇上好客的貓店長。。。

吃素以後，已經很少吃到叉燒包，想是因為這種素包不好做，只有大型的素食茶樓有在賣，本來想叫店裡有名的雪裡紅素包的我，一看到菜單有「叉燒包」三個字，眼睛突然發光，竟忍不住去勾了它，還多選了看來很鬆脆美味的蘿蔔絲燒餅和蒸餃子……

「雪裏紅」跟「吹雪」聽起來，像是武俠小說裡獨門草藥或是大俠的名字。「雪裏紅」其實是「雪裡蕻」，亦即是雪菜、芥菜的一種；對，就是雪菜肉絲米粉的「雪菜」。新鮮的雪裡蕻，有點像茼蒿菜，在香港比較少看到新鮮的雪裡蕻，多數是已經入了罐頭裡的。後者吹雪，則是小點心，用蛋白打成的泡，鋪在一大塊紅豆蓉上；蛋白經過烘焗，形成如湯丸的白色的皮，賣相和口感跟糯米糍有點相似。

當初路過「雪裏紅素食點心」店面的時候，覺得它的名字很是有趣，不過看進去，店舖沒有甚麼特別的裝潢，以為賣的不過是饅頭，加上正好是寒冬的晚上，沒有踏進就急著步回

左：雪裏紅是一家專賣油豆腐細粉及素食點心的店子。
右：廚房滿是點心蒸籠。

家去了。再來之時候，刻意在家裡做了點功課，在網絡上翻查些資料，得知這家店裡面是有座位的，主打的是點心（有餡料的包子，不只是賣饅頭，還有餃子等）。而且老闆承傳了父親上海浙江點心的手藝，親手製作的腐竹卷，更是這店的一大賣點。想著想著，刻意將早餐的進食分量減少，決心餓著忍耐一個早上（個人食量不多，每次外出用膳，怕吃不了太多東西），希望能趕在中午下課的時候，到這店來大吃一頓。

爸媽曾經說過，以前的餐廳很愛養貓咪來捉老鼠的。大概是衛生的考慮和政府食環署嚴厲的管理吧，在香港的時候，我只有一次碰見過食店養的貓咪。那是中環一家老牌茶樓養的兩隻貓咪，牠們不常出現，平時車水馬龍，人頭湧湧，根本看不到牠們的蹤影。那一次剛好我們吃得有點晚，正當夥計趕著收拾餐桌，把大圓桌摺起，放回舖後的位置之際，便讓我乍見兩隻安靜地躲在角落的貓咪。

「喵～」雪裏紅素食點心的貓店長很好客，我這個客人還沒有坐下，就伸了伸懶腰，在餐桌旁徘徊著。相對於香港，台北貓店長比較多，這已經是我遇過的第六隻貓了。

「喵～你好。」看見貓店長這麼熱情主動的打招呼，我連菜單看都沒有看，就蹲下來跟貓咪回個禮。

「牠可以摸的，不怕生哦。」捧著湯麵

貓店長，您好！

上：素叉燒包、蘿蔔絲酥餅
下：雪菜餃子

的店員，見狀跟我說。

「喵～」貓咪走過來，擦過我腿，向我大叫了起來，然後，施施然的走進廚房裡。

「不要擋住我啦，我在忙啊。」廚房傳來店員跟貓咪的對話。

「你看，這個叉燒包大如拳頭啊。」把叫來的素叉燒包照片傳發給朋友。「真的。」（這可說是台灣人的口頭禪，凡是認同的，或是想回答對方訊息時，不一定是認同的啊，寫的不是「是的」，而是「真的」）可能是發叉燒包的荒吧，吃素以後，已經很少吃到叉燒包，想是因為這種素包不好做，只有大型的素食茶樓有在賣，本來想叫店裡有名的雪裡紅素包的我，一看到菜單有「叉燒包」三個字，眼睛突然發光，竟忍不住去勾了它，還多選了看來很鬆脆美味的蘿蔔絲燒餅和蒸餃子。

「哇，素菜蒸餃裡面有雪裏紅的，哈哈。」糊裡糊塗下，終於得償所願的吃到店子的名菜。相信餃子是手工捏成的，吃下去比較有厚度的餃子皮，咬來啾啾有力，跟外面買回來的餃子很不一樣，是很有存在感的餃子啊。

「喵～」貓咪再次施施然在我面前走過。

這一趟店裡的人愈來愈多，不到一百五十平方呎，放了三、四張長餐桌的店舖，一下子，擠滿了放中午飯的上班族，有的叫來點心，更多的叫來油豆腐（新鮮腐竹卷）湯冬粉。我一個人坐在店舖的最後排，看著玻璃門口旁忙於打點麵食和蒸籠點心的

這個油豆腐粉絲湯裡面，有千層豆皮喔！

店員，又看著捧著蒸籠在店中走來走去的店員，再看看在桌底，在客人腳腿間竄來竄去、大搖大擺的琥珀貓咪，就知道誰才是店長、一店之主，哪些是奴才了。哈哈。

一碗雪菜冬粉，最適合胃口不大的素食朋友。

雪裏紅素食點心

- 台北市南京東路五段 275 號
- (886) 02-2756 8275
- 星期一至五 09:00 - 20:00，星期六 09:00 - 20:00，星期日休息
- 台北捷運松山新店線南京三民站 4 號出口，向松山方向走 3 分鐘。
- 蒸素餃、雪菜包、叉燒包

一盅兩件，品嚐港式飲茶的滋味

。。。。

眾多點心之中，最驚喜的是蒸腸粉，腸粉皮薄餡靚。「不多香港港茶樓能夠做到的啊！」一邊跟朋友站在茶樓前端特大點心廚房玻璃展示窗前，一邊扮飲食專家，也一邊跟朋友們介紹香港點心的特色，和美味之處……

有想過為甚麼香港人喝茶吃點心，會叫「飲茶」？甚至廣泛得連外國人也索性將飲茶，直譯成「Yum Cha」。「今天去酒樓飲茶好不好？」香港人又會叫飲茶的地方做「酒樓」，而台灣人則會叫「港式茶樓」。加「港式」兩字，一來可見飲茶和點心，是香港的特色美食之一；二來台灣人滿喜歡香港口味的東西，台北東區一帶就有很多港式茶餐廳，夜市亦有以青檸可樂為號召的港式飲料路攤，還

一盅兩件，在台北原來有不少素食點心茶樓呢！

有加了冰淇淋球又賣貴兩倍的雞蛋仔，都以「港式」兩字掛牌。

爺爺嫲嫲叫「飲茶」為「一盅兩件」，即放有茶茗的帶蓋中式茶杯（焗出茶香來），配兩籠點心的意思。香港飲茶的酒樓多的是，以前平日跟眾同事不知去哪邊吃飯，就會大夥兒去辦公室樓下的酒樓飲茶。週六、日家庭日，不少家庭又會以飲茶首選，邊吃點心，邊相聚話當年。就連朋友的生日，也很多時會相約在酒樓飲個茶、吃個壽包，慶祝一番。

往日跟朋友清晨時分走進才剛開門的老茶樓，吃「一盅兩件」的經歷，真是至今難忘。那擁擠的老式茶樓，爭相搶食的老茶客，以及廚房旁那一輛輛載有熱騰騰蒸籠的點心車，好一個懷舊風情的畫面。不過，坦白說，我並不是生長在那個時代，誰知道懷舊的老酒樓是如何模樣？所謂的「懷舊情懷」，不過是從小到大聽說回來的描述，那有痰盂的茶樓、有老店員和推車點心姨姨，就是「港式」，才算「地道」，不是嗎？就連香港新發布的新紙鈔，其中一個主題，也選了「飲茶」啊。

近年，或許來台灣的香港人漸多，台北的港式茶樓也愈開愈多，就在我家附近，去年就開了一家，只是這茶樓賣的都是葷食點心。難得週末相約了一位同樣吃素的朋友，私心又好，好奇心亦好，提議去素食茶樓，好來回味那久久未嚐的港式點心的滋味。

台北的港式茶樓確實不少，素食的也隨手可查，這個香港反而沒太多選擇。而台北的素食茶樓所提供的點心選擇，更可媲美香港葷食茶樓。年初和來台旅行的香港朋友便去了位於中山區的自助餐素食大茶樓「養心茶樓」，他們的素叉燒包和鹹水角，美味非常，說來齒頰回香。

養心茶樓位於二樓，甫進大廈大門的左手邊，就有升降機輕鬆上樓。這裡分午餐、下午茶和晚餐三個時段，侍應說每個時段的菜單多多少少有異。我們來的時候正是下午茶時間，茶樓的大堂人不算多，餐牌上的素食點心卻多得令我垂涎三尺。

等不及朋友坐好，看見那張點心紙，早已忍不住手，馬上選了鹹水角和蒸餃。素的鹹水角在台北很難找得到，既然來到素食茶樓，一定要勾一下。至於蒸餃，不是外面都能常吃到的蒸素餃，像是北方餃子的那種，這裡的像是廣東點心如粉果之類的。奇怪，沒有吃過蒸籠點心，總是沒有飲過茶的感覺，所以每一次上茶樓，必然選些蒸點心。難得這裡選擇多的是，朋友也湊熱鬧的叫來絲瓜小籠包，好來一起大快朵頤。

眾多點心之中，最驚喜的是蒸腸粉，腸粉皮薄餡靚。「你看師傅放在那平板蒸爐上，舀上薄薄的米漿，再蓋上蓋子，就可以蒸出腸粉來了。」

養心茶樓提供的其中四款素點心，還有很多其他選擇呢！

「不多香港茶樓能夠做到的啊！」一邊跟朋友站在茶樓前端特大點心廚房玻璃展示窗前，一邊扮飲食專家，也一邊跟朋友們介紹香港點心的特色，和美味之處。

「好想去香港吃一下正宗港式點心啊。」朋友衝口而言說着。

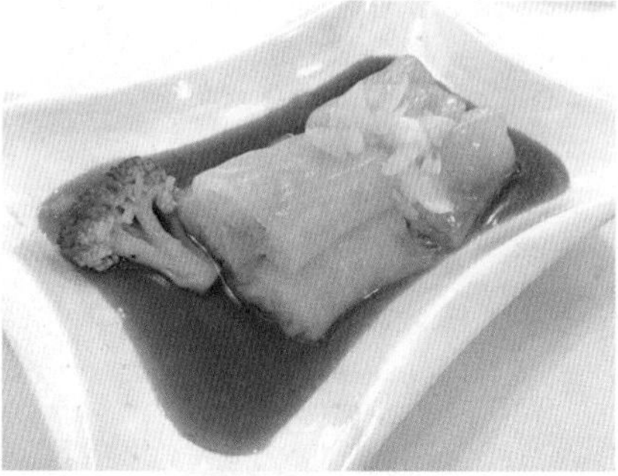

蒸腸粉，皮薄餡靚。

養心茶樓

- 台北市中山區松江路 128 號 2 樓
- (886) 02-2542 8828
- 午餐：星期一至五 11:30-14:20、星期六及日（分兩段）11:00-12:45 或 13:00-14:45
  下午茶：星期一至五 14:30-16:30、星期六及日 15:00-16:45
  晚餐：星期一至五 17:30-21:30、星期六及日（分兩輪）17:30-19:15 或 19:30-21:30
- 台北捷運松江南京站 8 號出口，左手邊轉身即達。
- 鹹水角、叉燒包、各式腸粉

兒時最愛，那鐵板上的波浪薯條。。。。

店員捧著熱騰騰的鐵板放在面前的桌上，溫馨地示意我拿起餐巾，遮擋一下，然後他便把黑椒醬汁淋在載滿食物的鐵板上，「吱吱喳喳」的，兒時跟爸媽去吃鐵板燒餐的記憶，一下子喚回來了……

「嗞啦～嗞啦～」看見鄰座客人桌上的美食，我不禁自然反應地往後退了一下。店員望望我，笑了笑，轉身往廚房去。

「好香啊！好吧，我也來個鐵板燒！」

今天走過西門町，找來了這家純素鐵板燒的餐廳「全真素食火鍋鐵板燒」。台北人好像除了火鍋和自助餐，就是愛吃鐵板燒。作為「走肉朋友」，沒有甚麼好選擇，難得來到這家純素的鐵板燒店門前，好歹

純素的鐵板燒店，專為「走肉朋友」而設。

也要進去吃一次。

店員捧著熱騰騰的鐵板放在面前的桌上，溫馨地示意我拿起餐巾，遮擋一下，然後他便把黑椒醬汁淋在載滿食物的鐵板上，「吱吱喳喳」的，兒時跟爸媽去吃鐵板燒餐的記憶，一下子喚回來了。

「噢，是波浪薯條啊！」「噢，意大利麵條是胖嘟嘟的啊！」心裡不禁連連興奮大喊。

早前收到香港朋友傳來的照片，告訴我，從小吃到大的快餐店，敵不過加租的現實，決定到年底就要結業了。那時我人在台北，沒能馬上回去。雖說「天下無不散之筵席」，甚麼人事都會有盡頭，可是，眼巴巴地看著這充滿了兒時回憶的快餐廳，以及裡面的老闆夥計們要功成身退，心裡萬分的不捨；也為了自己來不及回去，再嚐兒時喜愛的食物，跟老闆、老闆娘、夥計們好好道別，互換聯絡，也在店舖前拍個照留念，而更感難過。

回憶那些年的某一天，哥哥下課後，買來了兩盒醮滿了橙紅色茄醬的意大利麵回家——

「爸媽今天晚上要赴婚宴，叫我一定要給你買晚餐啊。」

「這個在哪買的？」

「就在我們家附近轉角的那家快餐店啊。」

「是媽媽帶我去吃雞腿的那一家嗎？」

「應該是吧。我選了雞腿意大利麵，你要不要一點？」

說著說著，哥在那塞滿了圓圓胖胖的意大利麵的便當盒裡，切出一小塊雞腿，遞過來給我。

至今難忘的便當，就只有兩個——小學時差不多每天都在吃的、在學校訂的便當；還有，這家快餐廳的便當。吃慣了的這快餐店的意大利麵，都是給泡得胖嘟嘟的，後來才驚訝地知道原來傳統的意大利麵根本就是瘦瘦的，而且用天然的番茄來做醬汁，顏色自然亮麗。不過，哪管它正宗不正宗，在我的腦海裡面，永遠覺得，要看一家港式快餐廳地道不地道，看的並不是絲襪奶茶、乾炒牛河，而是那橙紅得讓人發麻的茄醬，和膨脹得胖嘟嘟的意大利麵。

後來自己長大了出去闖江湖，每每活得累了，都會回到這家快餐店來找吃的。門口依舊擺放著口味熟悉的車輪包、蛋卷和雞尾包等等。老闆娘如舊地站在那個麵包欄裡，忙碌地擺放著某香港品牌的豆奶進冰箱裡去。而一看見我，她便瞇著眼說：「今天又是『走肉』的星洲炒米嗎？」一邊說著，一邊便又捧著其他客人點的餐往店裡去了。

這店的老闆認得我這個從小光顧到大的街坊客，而且老闆的姨姨跟我媽認識，老闆知道

我吃素，所以明明是在下午茶套餐、不作單點的時段，卻總是會貼心地跑到廚房裡，親自下廚（下午時段廚師手足都下班休息中），特地來為我炒一碟蔬食版的星洲炒米。

「要『走肉』的星洲炒米？」連雙手紋了雙龍的夥計伯伯都知道我的口味。

「今天想吃個簡單的波浪薯條和奶茶啊。」

「你呀，坐這邊！」然後，轉過身，命令我鄰座桌子的那位大叔換個位置。大家大概會以為紋身伯伯很兇惡，但如果你有待過在店裡，偷聽過他跟嬸嬸夥計的對話，真是風趣得叫我不禁低頭發笑（不想給他們知道我在偷聽著）。

嬸嬸「啲啲嗒嗒」的（穿著拖鞋走路的聲音），捧來盛滿了薯條的塑膠碟子。碟子和托盤十年如一日（老闆和老闆娘真的會保護用具，這麼多年前買下來的碟，居然還在用），跟小時候的一模一樣，死實實的橙紅色和咖啡色。碟上鋪上了一片似面紙非面紙的、如吸油紙般的薄餐巾，也從沒有變過。

「下次再來啊，慢走。」踏出店舖時，老闆娘邊夾麵包邊微笑的跟我說。

明明外面的連鎖快餐店也有賣薯條，但我就是偏愛這裡切成波浪紋的。

後來，回香港一趟再來快餐廳門外的時候，已人去樓空，裝修師傅正努力地為新店動工。那螢光黃色的咖喱、橙紅色的茄醬、胖嘟嘟的意大利麵、波浪紋的薯條，還有合桃餅、雞蛋瑞士卷和雞尾包等等，已成為絕響。而我，亦失卻了跟老闆、老闆娘和夥計叔叔嬸嬸們聯誼的機會。看著那空空如也的店舖，心裡滿是傷感。

如今人在台北，坐在素食鐵板燒面前，看著「嗞啦嗞啦」叫的鐵板，和那眼熟的波浪薯條，和胖胖的意大利麵，再抬頭望望那亮著的餐牌燈箱，便突然想起了那家在港島堅道上、早已關門大吉的港式快餐廳。

「好想再吃雞蛋瑞士卷啊！」曾經試過去找，可是在台北老是找不到類似口味的瑞士卷，更遑論車輪包跟合桃餅等。

你們還好嗎？——

「紋身伯伯現在身體如何？」

「嬸嬸都退休了嗎？」

「有記得我這個常來喝凍檸檬可樂的女生嗎？」

「好想再吃一口你們親自烤焗出來的麵包、糕點，以及那『走肉』星洲炒米啊！」

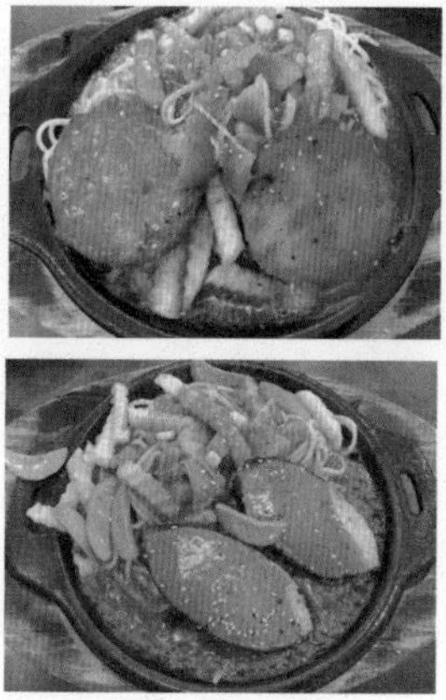

各式鐵板燒，都配有意大利粉及波浪薯條。

全真素食火鍋鐵板燒

- 台北市萬華區漢口街二段 34 巷 11 號（武昌街二段 57 號巷內）
- (886) 02 2389-020
- 平日 11:00-15:00、16:30-21:00
  假日 11:00-21:00（逢星期二休息）
- 台北市西門館捷運站 6 號出口，沿漢中街，步行約 5 分鐘。
- 各式鐵板燒

韓風吹來，尋食歐巴菜之飢渴記

二百多元的部隊鍋，沒有教人失望，有起司，且配菜非常豐富，有豆包、泡菜，又有粟米等蔬菜，當然也有麵條，只可惜沒有韓式年糕，改以白米飯代替。

在外面吃飯吃到膩，除了腦裡閃過「狠食」（好想吃）的菜式，就是想吃些特色菜，比如說韓式素菜。複習韓文的深宵，利用了休息的時間，在網絡上努力地尋找台北的韓國料理。還記得，小時候會要求媽媽故意去超市買罐頭字母湯，奢望把湯裡的A字吃下肚子以後，考試不單能及格，同時可以得到A。大概這個天馬行空的構想太深入腦海裡了，臨韓文考試前夕，不管時間多急迫，還是跑去了距離台北小巨蛋不太遠的，有提供韓國料理的餐廳。

在台北要吃素不困難，尤其是台式的，地道菜當然滿街滿巷都是；要來個和風的，精緻的壽司和鬆脆的天婦羅，亦有不少；如果想吃到味道貼近歐美風的西式素菜呢，素漢堡、三明治和意大利麵也有一堆；偏偏查了一夜韓國的素餐廳，卻只有寥寥三、四家。

看到小巨蛋附近有一家名叫「蔬活複合式料理 Life Veggie」，不過看其名字應該能猜

蔬活複合式料理 Life Veggie 是一家多國素食料理。

到出來吧，賣的不是韓國「歐巴」（韓文oppa，哥哥的意思）的菜式，應該是多國素食料理，大概以台式為主軸，再配搭一些日式和韓式的。再滑一下網民對這家食店的評價，對比其他數家（真的不多，大概五家左右），心裡暗自決定，不管複習的進度如何，也要去吃一下，尤其網民大推的石頭鍋飯。

這店在小巨蛋站和南京三民站兩個捷運站之間的位置，算是比較靠近小巨蛋站，不是太難找，但步行需要好一段路。從小巨蛋站往南京三民站的方向，一直沿著南京東路（大馬路）走，再加上手機的地圖功能，十分鐘過後，總算找到這家可以一嚐韓式素菜的餐廳了。

店裡陳設簡潔清新，大門左邊放滿了有機食品和小食，方便全素客人可以把食材買下帶回家。

「你要吃甚麼？」同行的朋友問。

「一心為了歐巴菜而來的，一定要試一下這裡的石頭拌飯！」滿心歡喜的跟朋友解釋著。

「不好意思，小姐！我們現在更換菜單了，已沒有提供石頭拌飯了！」

「怎麼了?!路痴的我，找了半天的，好不容易才來到這裡，結果沒法吃到素的石頭拌飯?!」氣沖沖的我心裡大叫。

「真的不好意思唷。」或許店員感受到我的怒火，馬上的來個道歉，然後說：「不如點個『獨家麻辣鍋』吧？是我們的招牌菜哦。」

我瞄了店員一眼，再看看對座的朋友，沒發一語。

「那……試一下我們的部隊鍋吧？」店員戰戰兢兢的，勇敢的再向我推介。

「就這個吧?!」朋友插口勸說。

「嗯……好吧，沒辦法啦，這是唯一的韓式料理，反正『身水身汗』（滿身是汗）來到這裡，肚子又餓，那只好點這個啦。」

左上：店員推介的部隊鍋。
左下：薑汁豆包飯餐。
右上：可供客人選購的有機食品。

店員似是擦了一額汗的轉過頭去。

還好，二百多元的部隊鍋，沒有教人失望（不敢想像它不好吃的話，會怎樣，可能會馬上崩潰吧，哈哈），有起司（如果本身是不吃起司的朋友，可以要求改成全素的啊），且配菜非常豐富，有豆包、泡菜，又有粟米等蔬菜，當然也有麵條，只可惜沒有韓式年糕，改以白米飯代替。這個鍋分量非常大，以我的吃量來計算，足夠供我吃兩餐，即使先把米飯打包，還吃得好吃力，好想要求對座的朋友來幫忙吃一下，相信這對於大胃口的「走肉朋友」是一個喜訊。

「還是想知道台北有沒有全素的韓式餐廳啊。」邊摸著肚皮，邊跟旁邊的朋友說。

心裡想起曾經那段待在釜山的日子，那位韓國媽媽天天為我預備素食早餐，也想起曾在韓國體驗寺廟生活，第一次吃到的美味韓國素菜的日子。

「可能韓國菜很難做成素的吧，尤其是全素。」嘆一口氣，還是起程跟朋友一起回到韓文中心上課去。

附記：
1.本篇部分情節是給我改編過的啦，我才沒有這麼兇啦，哈哈。
2.注意台北另有一家餐廳名叫「健康蔬食材料店VEGGIE LIFE」，名字差不多，別找錯啊。

蔬活複合式料理 Life Veggie

台北市松山區南京東路四段 133 巷 5 弄 14 號
(886) 02-2719 2908
星期一至六 11:00 - 20:00、星期日 08:00 - 16:00
台北捷運松山新店線台北小巨蛋站 4 號出口，往南京三民站方向，步行 10 分鐘。
韓式部隊鍋

- RECIPE SHARING -

BY CATHY LEE

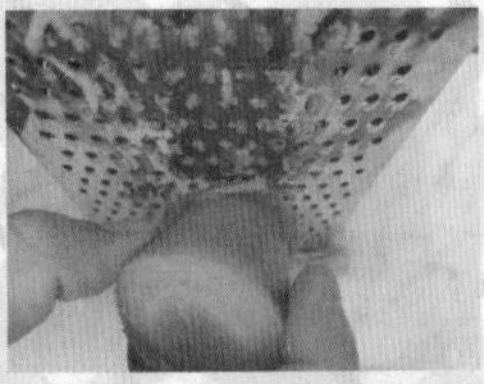
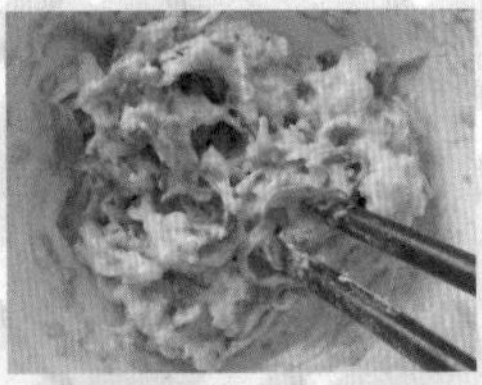

圖 1・圖 2・圖 3
圖 4・圖 5
完成圖

筆記：

櫛瓜即 zucchini，我會稱它為「西洋翠玉瓜」。

Cathy's Veggie Kitchen

韓式櫛瓜煎餅

2 人份 | 製作時間：30 分鐘

材料：

櫛瓜（綠色）2 條
櫛瓜（黃色）1 條
粘米粉 1/3 茶杯
低筋麵粉 1/2 茶杯
紅蘿蔔 1/2 個
乾木耳 3 朵

調味料：

鹽 1 茶匙
麻油 1 湯匙
糖 少許
日本七味粉 少許

醬汁：

豉油 1 湯匙
意大利黑醋 1/2 湯匙
糖 1 茶匙
麻油 1 湯匙
清水 2 湯匙
白芝麻 適量

工具：

切菜刀 / 切菜砧板 / 蔬果刨刀 / 刨絲器 / 麵粉篩 / 易潔鑊 / 中湯匙 / 茶匙 / 湯碗 / 飯碗 / 筷子 / 炸物吸油紙 / 調味碟 / 碟

做法：

1. 用熱水泡浸乾木耳，變軟後，切去木耳的蒂部，加以清洗，並切成絲（圖 1）。
2. 洗淨綠及黃櫛瓜後，用廚房紙將之擦乾，切去頭尾，再切成約半厘米厚片狀。
3. 刨去紅蘿蔔皮，切去頭或尾（視乎用哪一半），用清水洗淨，用刨絲器刨絲（圖 2）。
4. 先混合同樣是 1/3 茶杯分量的粘米粉和低筋麵粉，於大湯碗之中，後用麵包篩隔走粗麵粉粒。接著，分別放入木耳絲、紅蘿蔔絲，混入調味料，倒進 1/3 茶杯清水，攪拌成稠黏餡漿（圖 3）。
5. 取出已切好的櫛瓜片，用筷子夾入餡漿，放在櫛瓜片上（圖 4），整理好後，鋪上另一片櫛瓜片，做成如夾心餅模樣的櫛瓜夾（圖 5）。
6. 將剩下的麵粉平鋪在碟上，把弄好的櫛瓜夾放在麵粉上，在表面平均地撲上點麵粉。待用。
7. 以中火預熱易潔鑊，倒進 2 湯匙食油。待油煮沸後，輕輕放入已撲好麵粉的櫛瓜夾。當兩面都煎至金黃色時，改以小火，蓋上鑊蓋，稍為烤焗約 2 分鐘，打開鑊蓋，多煎 1 分鐘後，便可以夾起，炸物放吸油紙上，吸去多餘的油分。
8. 放所有醬汁料於飯碗裡，攪勻。最後，用中火力度的微波爐煮 2 分鐘，或用易潔鑊以小火煮沸，便成。
9. 吃時，隨個人口味，醮適量醬汁來吃。

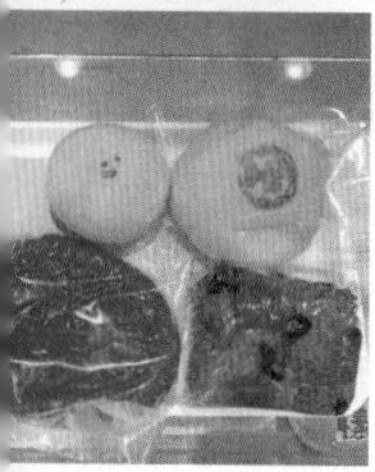

叁

嗜食的發現

夜市窄巷裡，不期而遇的小食店

只要願意花點時間，作個深度行，就會發現每個看似平凡的夜市，都有著味蕾上的滄海遺珠，好像是饒河的胡椒餅、三和的蛋捲、南雅的阿嬤麻糬、公館的素鹽酥雞和通化的燒臭豆腐等，同一道菜，不同的夜市，味道各異……

算一算台北總共有多少個夜市？由寧夏、艋舺、饒河、南機場、師大、士林、金館、三和、南雅，到通化夜市，輕輕的數來，已經算到十個了。「每個夜市賣的東西都差不多吧，不就是蚵仔煎、紅豆餅、胡椒餅和麻糬之類的嗎？」趁復活節假期從香港來的朋友如此問。台北夜市賣的食品和物品，或許會給人千篇一律的感覺，不過，只要願意花點時間，作個深度行，就會發現每個看似平凡的夜市，都有著味蕾上的滄海遺珠，好像是饒河的胡椒餅、三和的蛋捲、南雅的阿嬤麻糬、公館的素鹽酥雞和通化的燒臭豆腐等，同一道菜，不同的夜市，味道各異。

不知道是否因為警察努力在遏止流動攤販的關係？最近多次來到通化街（臨江街）夜

位於通化街暗角的小店「來客豆腐」。

市，都遇不上至愛的臭豆腐串燒攤販。正當失望不已，漫無目的之際，沿著短短的通化夜市走，竟給我遇上通化街暗角的「來客豆腐」。

說它躲在暗角，因為它不算在通化街最熱鬧的一段，攤販少，燈火不甚通明。走到街道的盡頭，嫩綠的店家招牌顯得份外的明亮，沒有「素食」的註明，站在食店門前，看了一看，想了一想，正在猶豫不已時——「這是素食店啊。」門前正在燙著麵的店員，大聲的向我喊過來。

「來客豆腐」顧名思義，以豆腐作主打。在下雨濕寒的晚上，鄰近烏煙瘴氣的夜市，店裡頭難得也遇見一位在用餐的師傅（出家人）。

「看來，這家店的品質應該值得信賴啊。」心裡暗自想。

對於香港人來說，台北是美食天堂，選擇多，而價錢便宜。不過，對於台北人來說，動輒台幣百多元的素食便當或自助餐（秤量付費的飯餐），卻說不上划算。這裡的菜式平均約五、六十元，在台北市中心來說，算是公道（哈，台灣人說這是「佛心」）的價格，即使最高亦不到一百元，還要是套餐。我瞄了瞄隔壁的食客，均一個小碗，搭上熱騰的大湯碗，那是招牌蒸豆腐加素香飯，似乎每位客人都點選了這個套餐，於是，我也挑了中辣程度的招牌特餐。

果然不出所料，大如面頰的湯碗裡面放滿了湯汁和臭豆腐，還有金菇和清香的九層塔，配搭看似醬汁濃郁的素滷肉飯，以九十九元就有這個分量的特餐作為晚飯，真的物有所值！來台灣以前，因為怕「臭」，沒有碰過臭豆腐，自從光顧過公館的「得記」以後，就一試難忘，加上這裡賣的是全素的臭豆腐，吃來更見安心和開心。

「您可以去前面拿碗筷的唷。」店員眼看我「手機食先」（哈，即是人不先吃，只顧用手機來幫食物拍照），亦見我生面口，怕我不懂這裡的規矩，邊收拾著碗筷，邊笑對我說。

下一次大家來通化街觀光，喜歡吃臭豆腐的「走肉朋友」，不妨來吃吃這個足本的招牌菜啊。對臭豆腐沒有好感的朋友，不用擔心，這裡有素水餃、豆腐羹、乾麵和素香飯等多種菜式，還有很多選擇的啊。

上：招牌蒸臭豆腐
下：素香飯

來客豆腐 Like Tofu

台北市大安區臨江街 135 號
(886) 02-2755 0955
每天 11:00 - 14:30, 16:30 - 21:00 （星期六休息）
台北捷運信義淡水線信義安和站 4 號出口，步行 5 分鐘。
招牌蒸豆腐、素香飯

巷鋪尋食，咀嚼台南糭子與回憶中的味道

車檔上塞滿了多盤已經煮好了的蔬菜，和兩大個分別用來燙食物、煮麵線的湯鍋。不要小看這家平平無奇、裝潢簡陋，且帶點住家風的小店，午飯時間，異常的繁忙，老闆娘跟嬸嬸們忙個不停，有的客人騎著機車來買外帶，有的走來就擠到廚房檔口的位置，東指西指的落單……

白色的鞋子踏在地上，久而久之白色沾了不同的顏色；新買回來的汽車出廠開在馬路上，一天過後車身滿是水痕和灰塵。有人說這是污垢，我說那是經歷。

初到台北，想多點了解這個地方的人和事，不是在香港媒體的報道下、也不是從觀光客的眼中，由自己親身體驗出來的台北生活。也因為愛貓，於是，一口氣參加了多個當地貓志工的服務計劃。這一天，是第一天正式來當貓志工。在陌生的環境，只有貓是相對熟悉的，畢竟跟貓咪相處了這麼多年。

「你好，我叫 Cathy，您好呀！」跟在貓屋裡同是當志工的人打完招呼，便聽從貓屋工作人員的吩咐，替貓咪們的房間打掃起來。空間不大的貓屋，寄存了二十隻左右，有待人領

養的貓。看來不甚辛苦的工作，卻快速地消耗了一個早上，直至肚子「咕嚕、咕嚕」的響著，方發現午飯的時候已經到了。

趕緊把手上的工作完成，「您要不要一起去吃飯呢？」不知道哪來的勇氣，我邊擦著貓咪的飯盤，邊轉過身來，跟正在撿貓便便的志工問道。

「好呀！」俐落的答案，成了我們成為朋友的一道橋。於是，我們走著走著，來到了這家一點都不起眼的素食店。

「不好意思，我是吃素的，要你來陪我吃素。」

「沒關係，家裡也有人吃素的，我沒問題的啊。」

我是台北的陌生人，而她雖然住在台北，但不曾留意這區的素食店。全靠網上搜尋大神，我倆找來這家位於捷運站不遠的小食店。跟大多數台北的小食店一樣，門口擺放著煮食的車檔，或許應該稱它為廚房。車檔上塞滿了多盤已經煮好了的蔬菜，和兩大個分別用來燙食物、煮麵線的湯鍋。不要小看這家平平無奇、裝潢簡陋，且帶點住家風的小店，午飯時間，異常的繁忙，老闆娘跟嬸嬸們忙個不停，有的

左上：紅油抄手
左下：自家製貢丸
右上：魯肉飯

客人騎著機車來買外帶，有的走來就擠到廚房檔口的位置，東指西指的落單。而我跟朋友，卻一臉迷茫的，看著那貼在牆上，漸漸發黃的菜單紙。

「你們要甚麼？」

「請問有介紹嗎？」朋友向嬸嬸問道。

「要不要試一下我們的咖喱飯？我們的咖喱飯很有名的哦。而且不是每一天都會有的，今天是星期五，剛好有煮咖喱飯啊。」

我瞄一瞄隔壁的客人，桌上都放著黃色醬汁的碟頭飯，看來大家都是因為咖喱飯來「朝聖」的，於是我們也叫了一個咖喱飯，再叫了紅油抄手和素貢丸等。

「我們的貢丸是限量的，自己造的，你

真會挑！」老闆娘笑著的跟我說。

「你也是第一天來當貓志工的嗎……」坐下來我一邊吃一邊跟這位在貓屋裡新相識的志工聊呀聊，聊到今天，已成為了好朋友，而這頓午飯，就是我倆成為朋友的第一頓飯。

後來，因為貓屋的關係，也常常來這店。有時候一個人，有時候會跟朋友一起來。

有一次再來，是下雨天，雨傘還沒收起來，嬸嬸便如常的熱情地招呼著：「幾位？要叫甚麼？」

「噢！你們有糉子！是甚麼口味的？」

「我們有白米的，也有五穀的，都是自己包的。」

「我要白米。」

算起來，六月起，我已吃了十隻八隻不同口味的台灣糉子，還有力量試下去，看來，我真是一個愛吃糉子又饞嘴的「走肉朋友」吧。

「這個！你一定要試，就是這個呀！」剛吃一口還沒吞下去，我就興奮得要向身邊的朋友喊著：「這個跟香港的好像啊！終於趕到在端午節前，嚐到心中那隻糉子了。」

「這是南部糉啊。」大概我的反應真的有點誇張，嬸嬸也來湊熱鬧的，大家聊了起來，

台灣南部口味的糉子。

「我也比較喜歡南部糉，北部的真的比下去。」果然識英雄重英雄。

「也不是，我試了好多南部糉，就是你們的才有我想要的口感。」

「其實我們的五穀飯也好好吃的，比白米的好消化，又健康。」

哈，街市和食店裡的嬸嬸，真是天生的top sales，不放過任何機會來推廣。

「還是比較愛這個口味，幫我多包三顆。」不知怎的，聊著聊著，看看四周，雖然我口裡講的是中文（國語），卻以為自己身處那香港紅磡巷子的餐廳裡；然後，不知怎的，我想起了《美女與野獸》的故事，也回想起了自己那次在工廠區尋食的舊事……

因為公事的緣故，那天還是人在香港的

我，來到了陌生的紅磡工廠區。好不容易撐到中午時分，肚子咕嚕咕嚕的叫，敕令我馬上把手上的工作停下來，出去找個東西來吃。在香港，這種建設於市區裡的工業大廈，可說是六七十年代的產物，來到今天，裡面還剩下多少工業在進行，就不得而知，但這些區域確是大樓林立，食肆散落不公整的經營著。

沿著貨運升降機，來到地面停車場（這是舊式工廠大廈的特色，客用的正門比較小，有些甚至讓人難以找著，但可以容納大貨車駛進、搬貨落貨的停車場就特別的大），工人正忙著搬貨，另一邊廂貨車嗶嗶聲的駛進來。

「你哋知道邊度有餐廳嘛？」

「跟我哋來吧，反正我哋都係去搵食。」

我一臉迷茫，根本不知道要去哪個方向跑，只好跟隨同是趕往吃午飯的上班族去找找看。不知道轉了多少個彎，來到了一條放滿了桌子的巷子來。

大概是上班的人太多，位子太少，小小的茶餐廳早已坐滿了客人。東竄西竄的我，找來一個跟紋身司機大漢們同枱的座位。

這巷子裡的茶餐廳，夾在工廠大樓之間，和其他工廠區裡的食肆一樣，賣的不是華麗的裝潢。墨綠色的帆布帳篷下，擺放多張塑膠餐櫈和折疊桌。

「唔該，一碟豉油王炒麵呀！」在陌生的環境中，在繁忙的情景之下，叫個不用跟人家多作解釋的「走肉」菜，是非常重要的。

點過了菜，出奇地沒有滑手機，眼光一直在半空飄浮，説好奇好，説心神未定又好，彷彿在找尋甚麼似的。最終，逾過了身旁彪形大漢的肩膊，凝神食肆廚房的抽氣扇，再看看抽氣扇旁邊布滿油漬的牆壁，不知怎的，想起了最近看過的卡通片《史力加》。

放在架上的東西，總會沾上飄來的塵垢，何況穿過的、使用過的？沒有用過的東西，就不屬於自己。沒有經歷過的人，也不能夠成為百年樹人……

禧園素食

- 台北市信義區忠孝東路五段 423 巷 2 號
- (886) 02-2753 -0187
- 每天 11:00-21:30
- 台北捷運永春站 1 號出口，左轉入永吉街，走約 3 分鐘。
- 咖喱飯、魯肉飯、紅油抄手、白米糭子（如果過節後還有）

邊走邊吃的，就是國外人了

台灣人叫「瑞士卷」作「蛋糕捲」，跟皮薄鬆脆的蛋卷是兩回事啊。而我們用的是「卷」字，也跟台灣人多用「捲」字不太一樣。當初來到台北的時候，就常因為這個輕微的、用法上的差別，而搞得混淆不清……

朋友們知道我要搬來台北住，紛紛說，台北很適合我這個「走肉朋友」，主要因為這邊的蔬食店多的是。說的也對啦，大概佛教在這裡發展蓬勃的關係，台灣人對於素食（無論是蛋奶素，還是全素）都很習慣，簡直沒有當它是甚麼的一回事。工作太忙了嗎？沒空好好的在家裡煮嗎？沒關係，台北街頭的素食店好比便利店一樣的方便，幾乎走十步就有一家。雖然這麼說，要找到較為西化的餐廳，或是西式麵包餅店呢，就說不上是容易的啦。

為甚這麼說呢？台灣是以中國人為主的社會，亦由於二戰時期曾經歷日本統治的歷史背景，吃的文化相對香港來說也比較日本化，換句話說，要找來價錢合理且好吃的中式或日式餐廳，一點難度都沒有，但要找來一家好吃的西餐廳呢（比較貼近外國人口味的，而不是為

了迎合本地人口味而變得台化的），就要多花點時間，不厭其煩的，嘗試再嘗試。

那天跟朋友去逛松菸文創園區，無意間看見這家掛著青蔥綠色招牌、上面寫了英文店名「Jade Patisserie」的「玉香齋養生烘焙」（是一家西式烘焙店，即香港人的麵包西餅店；而值得說說的是，台灣的食店很多都只有中文名字，只有時尚的店舖，才會中英並用）的時候，我的眼睛閃閃發亮，二話不說的，拉著朋友，便跨過車子頻繁的馬路，走進這家大堂掛著閃爍水晶燈的西餅店。

「歡迎，請隨便參觀哦。」歐式裝潢的店鋪裡，店員正忙著擦抹麵包盤子。

「這裡有蛋奶素的麵包，也有全素的，全

部都是素的啊。」我興奮得搖動朋友的手臂狂叫著。

「我們的鹹蛋糕捲是很有名的啊，要不要試試看？」店員聽見我的尖叫聲，面容有點扭曲，努力地忍著笑的跟我說。

麵包架上清晰地列明了各種烘焙食品的成分，讓純素的朋友，和我這個「走肉朋友」可以安心地挑選自己的素食品。

「這邊還有素的鳳梨酥，可以買來當拌手禮（手信）哦。」

「我比較想試試這個鹹蛋糕捲。」

不知大家是否有留意到，香港人口中所叫的「瑞士卷」，台灣人則會稱作「蛋糕捲」，這跟皮薄鬆脆的蛋卷是兩回事啊。而

上：鹹蛋糕捲
下：一盒裝台幣 198 元

我們用的是「卷」字，也跟台灣人多用「捲」字不太一樣。當初來到台北的時候，就常因為這個輕微的、用法上的差別，而搞得混淆不清。

「好呀，我來買盒鹹蛋糕捲回家試試看。」

「我媽媽好愛吃台灣這些Q彈（爽口彈牙的意思）的麻糬，那我買兩盒素麻糬Q餅回香港吧。」朋友想起來，然後又說：「不行，不行，Q餅看來好好吃，讓我先來買一個，邊走邊吃。哈哈。」

你們知道嗎？台灣朋友曾經跟我解釋說，看見在路上邊走邊吃的，一定不是台灣人。不管是珍珠奶茶，還是鹽酥雞；無論是騎機車（開電單車）來買外帶的，還是走路

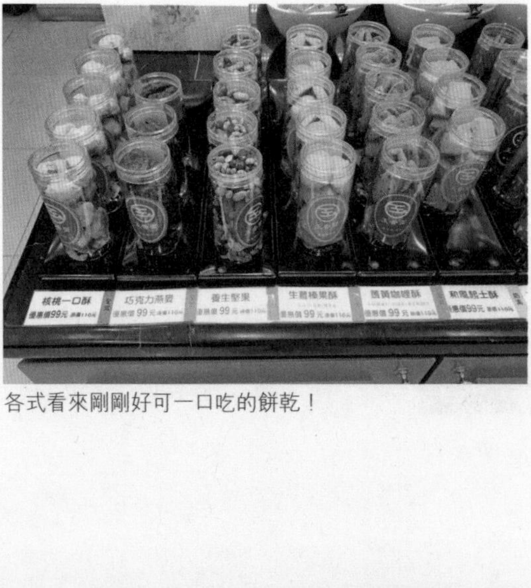

各式看來剛剛好可一口吃的餅乾！

經過來買的，分量多少不是問題，台灣人就是習慣買回家或是拿回辦公室來吃。不相信？下一次來台灣時，不妨仔細的觀察路上的行人，看看，那個邊走邊吃，會不會只有你這一個觀光客啦?!

琳瑯滿目，有各種口味的甜點及鹹點可供選擇。

Jade Pâtisserie 玉香齋養生烘焙

- 台北市信義區忠孝東路四段 553 號 2 弄 1 號
- (886) 028787 6680
- 每天 8:00 - 21:00
- 台北捷運板南線市政府站 1 號出口，向松菸文創園區方向，步行 5 分鐘。
- 玉露香 Q 餅、鹹蛋糕捲、大麥黑糖桂圓糕

地動天搖，走進天堂前的一份「驚」歷。。。。

「我們做的全是純素的啊，是沒有任何動物成分的食品，包括沒有牛奶、雞蛋和蜜糖等啊。」「嗯嗯。」我笑著跟店員點頭示意，然後轉回過頭，繼續享受那至愛檸檬蛋糕……

二零一八年十月二十三日中午時分，剛好走在南京東路的公車站旁，手機突然「咇、咇」的響起來；然後，身旁伯伯的、阿姨的、小女孩的手機，都不約而同地在街道上「咇、咇」聲此起彼落——

「台灣東部海域發生有感地震，預估震度台北市3級。」（10/23 12:35 氣象局消息）

站在地面的我，瞄一下手機，身體同時不受控的晃了晃；兩三下後，似乎停了一下，然後又再晃動起來。回過神來，才驚覺那是地震預告訊息，才知道剛才不是頭暈，是地震。

噢！「天堂」在哪？——「捷運站出來請直行，過天橋，下天橋後第一個巷子口（某某語言學校）右轉彎直行約20公尺後再左轉彎，就看見天堂了。」在網絡上是這樣說明的。此

精緻的小店「純素天堂 Vegan Heaven」。

刻心裡突然有一個念頭：也許不是每個人都能往天堂去？而能往天堂去的，都必要經歷過甚麼才能拿到許可證嗎？就像我這次來到這家名為「純素天堂 Vegan Heaven」的店子之前，就遇上了台北的地震。

「剛才地震啊。」

「是的，剛剛晃得有點厲害哦。」這天堂裡的「小天使」店員微笑的向著我說。

「您要是外帶還是內用呢？要不要嘗試一下新鮮出爐的檸檬蛋糕？」

「你們有咖啡嗎？」

「不好意思啊，我們只有美式的，可以嗎？」

來到天堂，始了解是如此的好——有溫柔甜笑的小天使前來招待，又有看來好好吃的、至愛口味的蛋糕（個人特別喜歡檸檬口味的食品～）。這是一家主打純素蛋糕和餅乾的小餅店，不到二百平方尺的小店舖，落地玻璃的門口旁放著三張高椅子。

「不好意思，請問……」還沒有坐下，就來了一位抱著小寶寶的媽媽來買東西，「這是可以買來在寶寶的生日派對中吃用的嗎？」

「是的。」

「不怕肉桂口味對小朋友來說會太重了嗎？」店員細心地跟媽媽聊了起來，然後又過來給我招呼：「不好意思哦，您的東西來晚了。送您試吃一下我們的鳳梨酥。」

待在台北這段日子，深深體會到台灣人可親的地方，大多數都會將心比己善待客人，例如要是客人久等了，就會貼心的捧上一個小禮物，教客人生氣不出來，哈。

「您用這個包包好有趣啊。」店員看見我用的一個包包。

「這個是你們阿嬤才會用的買菜包，對不對？」我笑著說。

台灣人很會聊，已經不只一個店員會用這個滿有台灣特色的包包（好比香港的紅白藍袋）來跟我打開話題了。

「是哦，所以好有趣唷。」

「大概你們看到會用這種包包的人，就知道那不是台灣人吧?!」

「你不住在台北的嗎？」

「我住台北，但不是台灣人啊。」店員眼光閃閃的瞪眼看著我，看來有點迷茫，是還沒有聽出我那常給朋友嘲笑是馬來西亞的口音嗎？哈哈。

「你們賣的都是自己做的？」這個時候，最好還是轉換一下話題了。

「是的，只是我們不在這邊做，是從自己另一邊的廚房做好後，再送過來的。我們做的全是純素的啊，是沒有任何動物成分的食品，包括沒有牛奶、雞蛋和蜜糖等啊。」

「嗯嗯。」我笑著跟店員點頭示意，然後轉回過頭，繼續享受那至愛檸檬蛋糕。

「歡迎再來啊。」拉開玻璃門時，背後傳來店員的聲音。

左上：檸檬閃閃。
左下：美式咖啡、檸檬閃閃與鳳梨酥。
右下：自家製鳳梨酥。

晚上洗完澡，躺在床上，正要睡覺的時候，就在這一刻，房間那度趟門「嘰嘰咯咯」的發出互相敲打的聲音。人在床上來不及反應，只好任由震動左右搖擺著，停了一下，然後又來一次，晃啊晃啊，腦子裡剎那閃過很多影像。終於停了下來，本能地打開平板電腦看新聞頻道，螢光幕上的走馬燈（台灣的新聞報道有點似日本的，小小的螢幕版面，直的橫的閃動著不同的資訊，台灣人稱這為「走馬燈」）跳動地閃著：

「二零一八年十月二十四日零時四分，台灣東部海底地區，發生有感地震，預估震度台北市大約2級。」

天堂在哪？來到天堂以前，我們都必須要走過一些特別的經歷的嗎？

純素天堂 Vegan Heaven

- 台北市信義區信義路4段395巷6弄6號1樓
- (886) 02-2758 2898
- 12：00 - 18：30（逢星期一休息）
- 台北捷運淡水信義線101/世貿站1號出口，步行5-8分鐘。
- 檸檬閃閃、各式餅乾

遊逛道地菜市場，發現萬華的溫柔

咖喱味、黑豆味，以至香港人都熟悉的紅豆味豆沙酥餅，整齊的排列在食物櫃子裡，想起了廣東人愛吃的嫁女餅。買份我愛的豆沙包，以及上次和上上次沒有買過的糕點……

說起華西街和廣州街，大家會想起甚麼呢？

多次來台北遊玩，只管飲飲食食，不是去夜街吃台灣街頭小吃，就是逛各大商店買香港沒有的食品。想了解一個城市的真實面貌，最好來旅居一段日子。生日前的一星期，我特意在白天去龍山寺一趟。台灣朋友說這裡的行天宮跟龍山寺，求籤特別靈驗！不過這兩家寺廟的籤我都沒有求過，反而旁邊的艋舺觀光夜市（華西街及廣州街），倒來過很多次，只是多數都在晚上夜市開檔的時候才過來，鮮有白天時分刻意跑來。

甫走出捷運出口，便看見寺廟對出的一片大廣場，左右兩旁都蹲滿了人群。老伯伯們有的圍著談天說地，有的正下棋，有的在聊天，嘩啦嘩啦的，人聲鼎沸。白天的龍山寺周遭不比夜市遜色，視覺聽覺的交錯下，恍如置身香港的油麻地和深水埗一帶，有種莫名的虛幻的親切感。據說龍山寺一帶在還沒有規劃前，這個位於捷運站上的路面、龍山寺對出的廣場，本是市集，每天聚集不少攤販前來擺賣。香港的廟街和油麻地一帶不也是一樣嗎？大抵，所有市集，凡是本地居民喜歡流連的聚集地，均從寺廟開始的吧。

龍山寺午後跟晚上一樣香火鼎盛（龍山寺是響應針對空污的環保新政策的台北寺廟之一，從二零一七年起，除了佛祖爐規定一人一炷香以外，已經全寺禁止燒香火了）。無論是參拜的，還是觀光的，人來人往，跟外出的廣場相映成趣，熱鬧非常。到來的當天，好像在辦宗教慶典，廣場擺滿了法壇和相關的攤檔，不比夜市冷清。稍為走慢一點，都會給身旁的陌生人碰撞著。

好不容易從擁擠的寺廟和攤檔區走了出來，在「咕嚕～咕嚕～」肚子驅使下，走往夜市的相反方向（平時只往夜市去，今天偏走相反方向，想看看新景象）。

素食大家也可能吃過不少，那素食的中式餅，又可有嚐過？

走出捷運站後，面向龍山寺，左邊是艋舺觀光夜市，右邊則是三水街市場。真的不逆向走路，就不知道，只不過轉個右手邊，就有著另一片天，一個翻新了的新富町市場大樓，以及用鋅鐵簷篷重重圍繞著的三水街市場。

「三水餅店」位於萬華區一棵大樹下的行人路上。

有人說，沒有去過當地的菜市場，就沒有真真正正了解一個地方。也許我嗜食，又是食譜創作人，人頭湧湧、雜亂非常的市場，總是會深深吸引著我。難得大白天來到這裡，決心往夜市後頭的另一方走走看。

在台北尋找素食比香港容易得多，走不到五分鐘，經已被一個又一個掛上素食招牌的食店吸引過來。這是我第一次來到「三水餅店」的門前，一間看來不太起眼的餅店。不起眼是因為它位於大樹遮蔭下的行人路上。沒有華麗的招牌，簡單樸實地在樹蔭間隱若呈現。

「這樣可以嗎？你住的遠不遠？那些豆沙餅要分開拿啊。路上要小心啊，不要給壓扁啊。」老闆娘這麼說。

「你真的不需要盒子？沒有盒子有點危險

唷！我們的餅，餅皮如此的鬆脆，很容易給壓碎的，你真的要小心拿著回家啊。」站在旁邊的店員嬸插嘴道。

「不用擔心啊，我會一直好好的手提它們回家的。」我笑咪咪的回謝了她們的關心。然後，轉過身，小心翼翼地，提著那盛滿了餅子的顏色粉嫩的塑膠袋，往捷運站去。

回家的途上，心裡不禁想，店主真的這麼閒嗎？閒得來管客人有沒有把餅好好拿回家（坦白說，貨物已出售，搞不懂為何還要管客人有沒有好好善待那貨物？哈～）還是那些餅確是她們的心血，面對心血多多少少有著母親生孩兒般的難捨難離，因此要再三叮囑接走心血餅點的客人要好好善待？

客人做得多，何曾感受過店主珍而重之的關懷？

後來，因為出席工作坊、參加講座等，多來了萬華區。白天走在街上，感覺在地很多。少了份觀光客急趕的步伐，多了一份漫遊的從容。無論走過艋舺商圈大街，還是三水街市場，總忍不住回到三水餅店。

咖喱味、黑豆味，以至香港人都熟悉的紅豆味豆沙酥餅，整齊的排列在食物櫃子裡，想起了廣東人愛吃的嫁女餅。買份我愛的豆沙包，以及上次和上上次沒有買過的糕點。

「這樣包起來可以嗎？這個糉呀，我先把那水草剪掉，那麼，你就可以辨別出哪個是紅豆的，好不好？」老闆娘依舊溫柔地招呼著。

最近一次到訪，是中秋節前的日子。三水餅店仍舊是那樣。今天雨下得有點大，店員忙著從廚房捧出一盤盤紅色大包，門口站滿了一個個撐著傘、正在挑選餅點的客人。

「你們有做月餅嗎？」

「今天因為有客人訂了一百多個大包，我們都在趕工中，只剩下櫃台裡擺放著的白豆沙酥餅，你要不要哦？」然後轉過頭，「這

上：為客人訂製的大包。

下：各款中式餅點。

個大包裡面是黑豆沙，好好味的啊，要不要試一下？」向另一位正在猶豫的客人試探著。

「所以只有這六個白豆沙酥餅嗎？」

「真的不好意思啊，只有這些，如果你不想要，明天可以來啊，我們明天會有月餅的。」

「好啦，可以不要這個盒子嗎？我買下這六個酥餅就好。真的啊，不要浪費，要環保，自己吃根本不用這個禮盒啦，反正最後都要丟掉，拿去回收又麻煩。盒子留回給你們，可以賣給有需要送禮的客人啊。」

「要記得小心拿著，不要壓扁它們啊。」走時老闆娘還是如此叮囑著。

「知道了，知道了，已經不是第一次來了。上幾次的豆沙酥餅都安然無恙啊。」怎麼活像是媽媽跟女兒的對話呢？

三水餅店

- 台北市萬華區和平西路三段 109 巷 5-1 號
- (886) 02-2306 6306
- 每天 09：00 - 19：00
- 捷運龍山寺站 3 號出口，扶手電梯上後左轉，靠右步行 3 分鐘。
- 壽包、紅龜粿、各式紅豆餅（尤其是黑豆沙和香菇素肉）

- RECIPE SHARING -

BY CATHY LEE

圖 1・圖 2・圖 3
圖 4・圖 5・圖 6
圖 7・圖 8
完成圖

筆記：

用 28 厘米以上的煎炒深鍋，比較方便放食物進去焗烤。

Cathy's Veggie Kitchen

黑芝麻酥餅（免焗爐版）

6 人份｜預備時間：15 分鐘｜冷凍時間：30 分鐘｜烤焗時間：45 分鐘

材料：

低筋麵粉 6 茶杯
泡打粉 4 湯匙
梳打粉 少許（如綠豆粒大小般）
橄欖油 16 湯匙
清水 12 湯匙
純黑芝麻粉 1 茶杯
罐頭原味花豆 1 個

調味料：

鹽 少許
黑糖 8 湯匙

工具：

28 厘米煎炒深鍋連蓋 / 焗架 / 麵粉棍 / 矽膠攪拌匙 / 麵粉篩 / 打蛋器 / 湯匙 / 茶匙 / 焗盤或可放入焗爐用的玻璃盤子 / 牛油焗紙 / 鮮紙 / 大沙律盤 / 電動攪拌器 / 平面砧板 / 餐刀

酥皮做法：

1. 用麵粉篩隔過 3 茶杯低筋麵粉，置於大沙律盤裡。放進泡打粉、梳打粉和少許鹽，先行加以攪勻，然後逐一倒進橄欖油（圖 1），至 16 湯匙橄欖油都放了進去，再搓成黃色粉糰。將搓好的粉糰稍為壓扁，用手壓便可（圖 2）；跟著用保鮮紙包裹，放進冰格，冷藏至少 30 分鐘。
2. 倒另外剩下的 3 茶杯低筋麵粉於大沙律盤裡，同樣先以麵粉篩隔走大粒麵粉。接著逐少加進清水（圖 3），續用手揉搓成白色粉糰。揉好後用保鮮紙包好，放室溫，等待黃色粉糰冷藏好了再處理。
3. 30 分鐘過去，取出已冷凍的黃色粉糰皮，把之前弄好的白色粉糰放在平面砧板上，用麵粉棍壓成薄片（圖 4），然後鋪黃色粉團皮在上（圖 5），對摺，用麵粉棍壓平，再對摺，如此類推做四次，酥皮基本便完成，置旁待用。

餡料做法：

將純黑芝麻粉、罐頭原味花豆、鹽和黑糖，一併放進電動攪拌器伴勻即成。（圖 6）

做法：

1. 將剛才放室溫大約 5 分鐘左右的麵粉酥皮平鋪在平面砧板之上，分成 6 份。
2. 揉搓成 6 個麵粉團球，用麵粉棍壓扁成圓形的薄皮。
3. 舀出 2 至 3 湯匙黑芝麻蓉，放麵粉薄皮上（圖 7）包裹成小圓包（圖 8），共做六個。
4. 以中火一併預熱已蓋上鍋蓋的 28 厘米煎炒深鍋，大約 3 至 5 分鐘左右。
5. 在鍋中放進焗架和焗盤，或可以放入焗爐裡用玻璃盤子，放上牛油焗紙，然後放入搓好的黑芝麻圓餅。蓋上鍋蓋，改以小中火，焗 45 分鐘，鬆脆的黑芝麻酥餅便完成了。

肆

他鄉的饗食天堂

異國滋味，隱於台北的藏食

這家餐廳是由來台的西藏夫婦經營的。他們眼看台北沒有甚麼餐廳提供西藏菜，加上也想讓住在台北的西藏人多個聚腳地點，在機緣巧合之下，就在這個頗為繁華的地帶，開了這家台北獨有的西藏餐廳……

「請問一下，可以給我介紹一些菜式嗎？我吃素的。」

數月前，初來到這家位於大安森林公園（大安森林公園，好比香港的維多利亞公園，面積廣，樹林茂盛，草地青蔥，是一家大細假日來野餐和遛狗的好地方），亦是國立臺灣大學（簡稱台大）附近的餐廳「西藏廚房 - Tibet Kitchen」。對於香港人，印度菜不算甚麼，大概是咖喱的關係吧（總覺得，日本以外，香港人滿喜歡吃咖喱的，不是嗎？茶餐廳不就常有咖喱牛腩飯之類的菜單嗎？），可是，說到西藏菜呢，倒是沒有嚐試過。

西藏一直是我嚮往、想去旅行的地方。每次想到布達拉宮、氂牛、一望無際草原，還有神秘且具特色的宗教（藏傳佛教，亦即喇嘛教），就有馬上執起背包飛過去的衝動。

「西藏廚房 - Tibet Kitchen」位於大安森林公園、國立臺灣大學附近。

「要不要吃momo（餃子）？或者，想試一下這個咖喱蔬菜飯？很多客人都喜愛的啊。」

「不要印度菜，我想吃正宗的西藏菜啊。」

「那，不如叫一杯酥油茶，這是牛油煮成的茶，你可以接受嗎？一般來說，我們會用青稞餅來配酥油茶或是湯的啊。要試一下這個青稞餅嗎？」

「好吧，多給我一份湯，可以改成素嗎？」

「讓我問一下廚房。」

來自緬甸的店員努力地為我推介著。

初次接觸藏人，不在西藏，而在瑞士的高山上。那年去瑞士探望好友，跑到高山去看看，遇上了在那裡築了寺廟的喇嘛。還記得，跟旅遊雜誌裡的照片一樣，寺廟外圍掛滿了藏傳佛教的經幡（就是那一串印有經文，分成藍、白、紅、綠、黃等色的小旗子）。據說瑞士的高山，氣候跟西藏本土有點像，因此不少來瑞士居住的喇嘛和藏人，都愛住在瑞士的山上。面前坐著穿上紅橙喇嘛袍的喇嘛僧人，一邊聽著他說起從西藏移居瑞士的經歷，一邊喝著寺廟裡的人侍候的水果和茶，驟眼以為自己身處於西藏。

這次來西藏廚房，正是午飯的時間，別以為來吃藏菜的人不多，步進餐廳，早已坐著一桌來這用膳的喇嘛；擺放著大約十張餐桌的小餐廳，迎來一群又一群的台灣本地客人，雖繁忙非常，但店員仍久不久走過來問

上：蔬菜湯
下：炸 momo

候我有甚麼需要。滿喜歡跟看似印度人，但實來自緬甸的店員聊天，大概待台北這陣子講中文比英文多，難得可以用英文聊聊天，就抓緊機會跟店員聊呀聊。

「請問，我沒有吃過緬甸菜，跟西藏和印度像嗎？」

「是差不多的，madam。」

「這個是你叫的蔬菜湯。」緬甸店員甫轉身，另一女店員便將之前我點了的湯放下。

「Thanks.」才發現自己的笨，來不及「轉台」（把語言調校回來），明明她跟我講的是中文啊。

買單的時候，走近餐廳前面放有佛像的櫃檯旁，指一指牆上掛著的達賴喇嘛照片。

「你們真的來自西藏的嗎？」

「是的，我們是住在台北的西藏人。」女店員——不，她其實是老闆娘——邊整理發票，邊跟我解釋說。

「可以請問一下，為甚麼菜單上會有印度菜的啊？」

「因為我是在印度長大的啊。後來來了台灣讀書，並在這裡住下來了。」

據說，這家餐廳是由來台的西藏夫婦經營的。他們眼看台北沒有甚麼餐廳提供西藏菜，加上也想讓住在台北的西藏人多個聚腳地點，在機緣巧合之下，就在這個頗為繁華的地帶，開了這家台北獨有的西藏餐廳。

「不好意思唷，我不知道你吃素的，也不知道為甚麼他會介紹你喝那個湯。如果我知道的話，一定會推介你改喝我們的扁豆湯的啊。」外表看來有點冷漠的老闆娘，指一指緬甸店員，輕聲的在我耳邊笑道。

到了下一次，跟朋友再來時，是雨天，餐廳裡異常的熱鬧。長長的餐桌，坐滿了藏人和喇嘛。

「今次我要試一下蒸的 momo 和扁豆湯啊。」緬甸店員認出我來，開心的上前跟我打招呼，他看了看我們點選的食物後，又依舊熱情地貼心地招待，建議說：「要不要改成炒麵？湯麵會不會太多？你們本就叫了一道湯啊。」

向店員點好菜單後，我們看看鄰桌的小朋友們正圍著蛋糕，歡天喜地的用國語高唱起生日歌來，「看來是在辦生日派對啊。」

「這些應該是在台灣土生土長的藏族小朋友吧？」等菜上桌時，我跟朋友閒聊著。

跟朋友滿足地吃了一頓藏式素食，買單的時候，外表看來冷冷的老闆娘突然伸一伸舌頭：「哎喲！我忘了要幫你打編號。」看一看我，「那怎麼辦？」她頓時變得一副台灣小女生的模樣，看著她那嚴寂的外貌下，又做出可愛的小動作，我忍不住笑了出來。

「沒關係，可以幫我補加上去嗎？」

「好的，我給你蓋印一下，加上在收據上好了。」

看來老闆娘是個滿直率、大情大性的人，看著事情快要給解決了，她稍為擔憂的臉龐，立刻變得從容。

「你們的扁豆湯好好喝啊。」為了緩和一下看似緊張不知所措的氣氛，我跟老闆娘這麼聊起來，「那是你上次介紹給我的，我

左上：扁豆湯
左下：蒸 momo
右下：藏式青稞餅配酥油茶

有記住啊。」

「真的？謝謝哦。」脫下冷酷，老闆娘一副台灣女生的語調回答我，「不好意思唷，真的不好意思哦。」離開餐廳時，老闆娘遞過了收據，一再跟我們道歉說。

光顧當日，客人之中正好也有西藏喇嘛。

西藏廚房 - Tibet Kitchen

- 台北市大安區和平東路二段 217 號
- (886) 02-2705 4770
- 每天 11:30 - 14:30、17:30 - 21:30
- 台北捷運文湖線科技大樓站出，往大安森林公園方向走行五分鐘。
- 扁豆湯、momo、藏式青稞餅

由餐桌開始，認識南印度風情。。。

「Curry」，中文譯作「咖喱」，這一詞，可以說是起源於英國人。聞說早在一七五八年，他們把這種配以肉類、帶點辛辣味的醬汁，稱為curry，大概是從泰米爾語kari（醬）而得來的……

大家是怎麼去認識印度呢？大部分人，大概都會跟我一樣，從那盤黃色的咖喱開始認識印度的吧。走進印度餐廳裡，菜單上寫滿了各式各樣的咖喱菜（curry），有烤魚、有烤肉，也有蔬菜類，餐牌上的商務套餐，也是清一式的以咖喱為主打的。可是呢，curry這個字，對於印度人來說是有點奇怪的。怎麼說呢？原來印度人很少會用到咖喱粉來煮菜，而他們常用的調味料，叫做「葛拉姆馬薩拉」（garam masala）；至於curry呢，在他們來說，是泛指一些配白米飯或麵包來吃的醬汁類的菜。簡單而言，乾身的菜式，一般叫作masala。有印度朋友跟我說，小時候覺得人家講他們吃的是curry，總是覺得怪怪的；長大以後，知道那是外國人用來籠統地形容他們家鄉食物的常用語，慢慢才習慣起來。

想嚐試南印度風味的素菜，要來喔！

「Curry」，中文譯作「咖喱」，這一詞，可以說是起源於英國人。聞說早在一七五八年，他們把這種配以肉類、帶點辛辣味的醬汁，稱為curry，大概是從泰米爾語kari（醬）而得來的。自此，這種印度風味菜，得以發揚光大。到了一八九零年，更引入了英國的咖啡室成為其中一道菜式。而於日本明治年間，英國人把curry傳進日本去，和日本的白米飯配合起來吃，成為了日本高級食譜之一，後來又逐漸演變了煮法，成為了現在日本人專屬的、帶甜且不太辣的口味。

「要試一下我們的咖喱嗎？」台北有家全素的、以南印度食品為主的餐廳。據說南印度不如我們想象中的那樣，都是配肉來吃的，而是以蔬食為主的地區。難得來到，覺得吃平常在香港或是台北的印度餐廳都能吃到的「咖喱」，便有點沒趣了，於是，我搖一搖頭，請印度籍的店員給我一個菜單（他是店裡唯一的印度店員，其他都是台灣人啊；他說的是英文，台灣的店員們講的當然是中文。有時候捧上菜餚的換了台灣店員，一時之間打亂了要說中文還是英文，舌頭頓時打了個結，真的被自己氣壞了～），看看有甚麼沒有吃過的南印度菜。

「這個米餅的分量會很大嗎？一個人吃會太多嗎？」我指了一下菜單上，那 mix vegetable uttapam（綜合蔬菜煎米餅）的圖片，跟店員聊了起來。

「我覺得你一個人應該還好的。」、「或者你要想試一下 momo 嗎？」

原來，印度人跟西藏人一樣都會吃 momo（水餃），既然之前在西藏餐廳吃過了 momo，這一趟就得把 quota（試新菜式的配額）分配給別的印度菜式好了。

「我還是想試一下煎米餅，你們是配湯來吃的，對不對？」

「是的，是一個濃湯。」

「然後，請幫我再多加一個前菜吧？我選這個 dahi puchka（脆球點心）。」店員邊搖頭，邊跟我說：「yes, madam.」

大家知道嗎？印度人不管是 say yes，還是 say no，都是搖頭表意的，而其中會有著輕微的差別，相信熟悉印度文化的朋友，肯定能分辨出來，可是我呢，一個對印度文化認識不深的人，不管怎樣看 YouTube 上的介紹，還是搞不通個邏輯來。有機會，得跟印度朋友好好請教一番。

隨手把米餅和餐廳的照片，傳送到身處香港的印度好友：「你們還好嗎？我來了台北一家吃印度素菜的地方。」

「這個菜叫甚麼名字？」印度朋友大概是因為在北部長大，比較少接觸到南部的菜吧。

「這是南部的菜。」

「你真的很會找東西吃啊。」印度朋友

左上：煎米餅
左下：印度脆餅
右下：脆球點心

熱情和親切地回覆著。

「你有去過泰姬陵嗎？」印度店員指著餐廳牆上的照片問我說。

「還沒有啊，我一直想去印度，可是都沒有去，有生之年真的要去一趟啊。」

「對，這是很美的宮殿，用米白色的大理石來建成的。我去過一次，真是一所美麗的宮殿。」店員繼續讚美和推介他家鄉的旅遊景點，「它在北部，靠近我們首都新德里。」，

「你是北部人，還是南部人？」

「我是從北部來的，泰姬陵離我家不太遠啊。」然後店員指著一張照片中那個坐在飛機駕駛艙的女生，「這個女生是我們國家首位飛機師，她很厲害啊，能勝過眾多印度男生，脫穎而出，成為一代飛機師，我本人很佩服她的啊。」店員琅琅上口，不停地跟我介紹著，「這道牆壁是我自己弄的，牆上每一張照片都是

我張貼的。」他指向另一邊，「這邊也是我布置的。這個是 Meera。」接著他望向窗邊一字排開的小雕像，指著其中一個手提著小結他的女雕像，微笑地跟我解說。

「她是神明嗎？」

「不是，她是一個對我們音樂和舞蹈文化很有影響力的歷史人物……」說著聊著，我點的菜，已經送到餐桌上了……

餐廳內每一件小擺設，都由店主精心挑選，而且背後都有小故事。

馬友友印度廚房－蔬食餐廳

- 台北市中山區新生北路一段 38 號
- (886) 02-2543 1817
- 星期三至五 11:30 - 15:00、17:00 - 21:30，星期六和日 11:30 - 21:30（星期一及二休息）
- 台北捷運板南線忠孝新生站 1 號出口，往華山 1914 文化創意產業園區方向，走 8 分鐘左右。
- 綜合蔬菜煎米餅、脆球點心

來吃一客，正宗的披薩。。。。。

門口位置掛著一大幅橫額，寫著「賀薩朵拿披薩廚師，榮獲2017年6月世界拿坡果披薩大賽分組賽，第二、第三名。」（台灣人說的「披薩」，即是我們香港人說的「薄餅」）極為吸睛……

經常跟朋友說，在台北吃到好吃的台菜和日本菜不難，但要找到比較切合外國人口味的西菜，真的要以大無畏的精神去試試看。這樣說，一點都沒有誇大的啊，我就曾經在一家打著德國菜為名號的餐廳裡，吃過用台灣白米飯來燉成的risotto（意大利燉飯）。這次來到一家名叫「SALTO」的西餐廳，位於東區，跟剛才說的德國餐廳所在的地區相同，當然，不同的是，來這裡已經超過五次了！而且它還好端端的在那裡，而那德國餐廳，早已關門大吉（雖說東區的租金愈益昂貴，不少食店扛不住租金而垮了，但還是多多少少跟食物的質素有關吧）。

待英國讀書的時候，宿舍住滿了各國的人，有英國本地的，也有來自日本、韓國、台灣、

希臘、意大利，以及美國的都有。廚房成了各國來英讀書的人聚腳和聊天的好地方。那時候，希臘男同學最愛晚上烤薄餅，看見他熟練地、在親手搓造的麵粉皮上，隨意塗上番茄醬和起司，放在易潔鑊上烤，方法簡單非常，就成了香噴噴的薄餅。對啊，不只意大利人會弄薄餅，就如不只有西班牙人會吃馬鈴薯蛋餅，就如涼麵不只屬於韓國的，還有壽司卷在韓國也有賣，餃子亦見於印度和西藏的菜單中一樣，大概地中海地帶各國，吃著的都是差不多的東西，只是誰個拿來發揚光大吧。

回想最初為甚麼會來光顧？坦白說，這店子的門面沒甚麼特別華麗的裝潢來吸引客人，只是在門口位置掛著一大幅橫額，寫著「賀薩朵拿披薩廚師，榮獲2017年6月世界拿坡果披薩大賽分組賽，第二、第三名。」（台灣人說的「披薩」，即是我們香港人說的「薄餅」）極為吸睛。甫一進去，玻璃櫥窗裡，一大座專用來焗薄餅的窯烤爐，很是吸引。中午時分，這裡動輒要消費三百元的餐廳，相比其他平價食店，店內客人顯得特別少（以台北的物價來說，午餐一百元算是合理的，三百元或以上的話，如果換上是晚餐，則尚可以接受），儘管如此，正所謂「賭仔心態」（賭徒的心態），已經吃過這麼多家台北的西餐廳了，不會為了一家半家而輕易放棄的，何況這家特別強調自己的廚師有獲獎，心想品質應該有保證的，於是，還是為了一心找上貼近國外口味的薄餅而坐下。

人生第一口薄餅的回憶，就是給香港那大型連鎖餐廳奪過去了。長久以來，認為正宗的薄餅，就是「芝心批」和「夏威夷」

上：焗薄餅的窯烤爐。
下：牆上掛滿獎項證書及照片。

香噴噴、新鮮出爐的黑松露蘑菇起司披薩。

口味的。長大了，到過意大利和希臘等地，才知道「薄餅」之所以為「薄餅」，就是它的餅皮確實很薄，而且口味以番茄和起司為主。後來，自己當上了素食創作人，翻閱過不少薄餅的食譜，就更明白，正宗的薄餅，哪有甚麼「夏威夷」、「拿破侖」、「超級至尊」的口味?!餅皮又哪會塞滿起司或加厚的呢?!

「給你拍還沒下起司的！」SALTO每個月的五號有「買一送一」的外帶優惠，自從吃過這裡出爐的松露薄餅後，就深深迷戀上，縱使不能天天來吃，每到月初的時候，總會心思思的，想回去買個外帶薄餅。這天，老闆把剛從窯烤爐拿出來的熱騰騰薄餅放在外帶紙盒上，看見我這個傻人拿起手機狂拍，便笑笑口的跟我說。

「我們換了盒子的顏色唷。」老闆娘也來加入。

「對耶，好少女心啊。」她一聽到我這麼說，看看那粉紅色的盒子，忍不住大笑了起來。而老闆則繼續專業地，為剛焗出來的薄餅粉飾，灑上橄欖油和刨起起司碎來。

「好了，這個是完成的作品，快來拍一張照片吧。」他沒有馬上蓋上盒子，然後，找來陽光充沛的位置，讓我可以為那烤得漂亮，松露香味撲鼻的薄餅，好好地拍個照。

「謝謝您，要再來啊。」我就在老闆娘甜美的聲音中，拿著粉紅少女心的外帶盒，步出餐廳。

「當然，我一定會回來的，哈哈。」

薩朵拿坡里披薩餐廳 SALTO Pizzeria Napoletana

- 台北市光復南路 280 巷 36 號
- (886) 02-2721 8994
- 每天 11:30 - 22:30
- 台北捷運板南線國父紀念館站 2 號出口，步行約 5 分鐘。
- 黑松露蘑菇起司披薩

念念不忘，最愛的墨西哥玉米片

地面是餐廳，賣著各式的素食漢堡、沙拉和 raw cake（生蛋糕）等；地下室是酒吧和遊戲室，放滿了「大富翁」等各種桌上遊戲和國際象棋等，喜歡電玩的，這裡也闢出一角，讓電玩發燒友對著掛在牆上的投影布幕，來玩個痛快。而且這裡每晚會舉辦不同的活動，其中以週五的電影夜最吸引著我……

有些人不介意每天去同一家餐廳，吃著同一道菜。當然，吃到好吃的食物，會想多吃幾次，多去幾趟也沒所謂啦。對於我，好奇怪，這個重複的生活規律，有時反而添加壓力，好想來個 prison break，逃亡一下，放縱一下。聽說金牛座除了以固執出名以外，也以貪新忘舊這個特質而有名。屬金牛座的我，確滿喜歡去冒險，去探索的。遇到食物好吃的餐廳，滿心歡喜的同時，會暗暗記住，日後帶朋友來也好，自己來也好，總想再去吃一趟。不過，不至於，每天或一段長時間，重複又重複的去吃同一家餐廳和同一道菜。遇上心情煩躁的時候，比如因為準備考試而待家太久，或者看著講義複習太久時，就很想去碰上新鮮好奇的事件，就如當初剛搬到台北來的時候，對這個地方充滿好奇（不是說現在已經失去了，只是肯

定不及初到貴境的興奮），於是那平日隱藏起來，貪新忘舊的個性，就會發作，驅使我努力地去發掘不同餐廳和美食。

待台北不到半年，腦海隱約地閃過Nachos（墨西哥玉米片）的影像，大概是在香港的時候，跟朋友聚會時經常吃到這個小吃（墨西哥玉米片在香港是各大酒吧必然有的小吃，食欲不好的時候，不知道吃甚麼的時候，墨西哥玉米片就是可以充飢的最佳下酒小吃）。不要忘記啊，金牛座不只貪新忘舊，亦很固執的，想吃就會不惜一切地去找。墨西哥玉米片的散餘影像在閃動之下，趁著生日當天，便找來一家專營墨西哥菜的餐廳，期望能尋回心中那個墨西哥玉米片。

可惜，生日並沒有為我帶來多一點好運，店員捧來的墨西哥玉米片，看起來卻像是烘脆了的薄餅（墨西哥脆餅 tortilla chips），不太清楚以前吃的是正宗，還是這片「脆餅」才是。總之，吃來不是心中的那個。還好，金牛座固執不放棄之餘，也不介意繼續冒險下去。皇天不負有心人，那天傍晚下課回家途中，給我發現了「Ooh Cha Cha 自然食」。

這家餐廳跟台北其他的西餐廳不一樣，這裡比較有歐美風，地面是餐廳，賣著各式的素食漢堡、沙拉和 raw cake（生蛋糕）等；地下室是酒吧和遊戲室，放滿了「大富翁」等各種桌上遊戲和國際象棋等，喜歡電玩的，這裡也闢出一角，讓電玩發燒友對著掛在牆上的投影布幕，來玩個痛快。而且這裡每晚會舉辦不同的活動，其中以週五的電影夜最吸引著我。

其實當初來這店，我完全不知道有沒有在賣墨西哥玉米片的，向店員拿來菜單，翻了又翻，正要心灰意冷時，忍不住（可能已經餓墨西哥玉米片太久了）向店員詢問一下，驚喜墨西哥玉米片是他們地下室的下酒菜之一！

左上：素食漢堡
右上：生蛋糕
左下：沙拉

「好感動啊！終於誤打誤撞的給我發現了。」開心得要眼泛淚光。

「您先坐一下吧。外帶要等二十分鐘的哦。」猜店員有看到那莫名其妙的閃閃眼光，特意的走過來拍拍我的肩膊說。

我小心翼翼的，把得來不易的墨西哥玉米片帶回家，好好來享受一番（當天下課後特別的累，決定外帶回家）。

「哇，好好吃！冷卻下來、但仍有微溫的墨西哥玉米片，還是可口非常，我找回在香港吃的那個味道了！」馬上把好消息傳送給香港的好朋友。

在台北要吃到好吃的台菜和日菜，絕對不是問題。要找到比較正宗、不台式化的西式餐廳呢，則少點耐性、缺乏勇敢和冒險精神去多試多吃就不行。

「Ooh Cha Cha 自然食」價錢跟其他在台北的西餐廳差不多，平均二百至三百元之間，於西菜而言，加上是素食，算是合

理的，而因為更貼近外國的口味，倒是目前為止我最喜歡的餐廳之一。

「這家餐廳的口味跟國外的好貼近啊，酒吧的酒保都是外國人。」「好不好吃？」「好吃哦！要不要找天，我們一起來參加他們的電影夜？看看他們播放甚麼電影呢？」「好啊。」最後約定朋友，今年聖誕夜，要一同來這裡來吃個大餐。

與朋友聚會的好地方！

Ooh Cha Cha 自然食（科技大樓店）

- 台北市大安區和平東路二段 118 巷 4 號之 1
- (886) 02-2737 2994
- 每天 11:30 - 24:00
- 台北捷運文湖線科技大樓站，步行 5 分鐘。
- 墨西哥玉米片、各式 raw cake

回味無窮，厚厚的西班牙蛋餅。。。。。

西班牙的蛋餅，基本是用馬鈴薯來做的，將馬鈴薯砌弄成塊，加入了菠菜、起司和雞蛋，攪拌成餅糊，倒進圓形的平底鑊裡，煎出一大塊圓圓的、高一厘米多一點的厚煎餅……

跟西班牙算是有點緣分，前後去過三次，足跡遊遍了巴塞羅那、馬德里和西維爾三地。而且鍾情的作品《人間樂園》（*The Garden of Earthly Delights*）（耶羅尼米斯·波希 Hieronymus Bosch 於十五、六世紀間創作的三聯畫作），就存放在西班牙馬德里的普拉多博物館裡。當年為了一睹這幅作品，千山萬水、踰過人群，拍下一張又一張的合照（對啊，這是一所難得可以給參觀者拍照的博物館），回味至今。

偶然機會，在朋友的介紹下，認識了一位住在巴塞羅那的畫家，好客的她邀請了我跟朋友去她的家裡吃個便飯。已經不記得她的家是在哪裡了，好像是地鐵能到達、且靠近購物區的地方。倒記得她的樓房，是傳統歐式的，寬闊的客廳，配上明亮的陽台，活像歐美電影中

的夢幻屋（簡直是住慣了狹窄空間的香港人的夢幻屋！）。剛從瑞士搬回巴塞羅那來住的她和老公，熱情地、特意地為我們預備了傳統的西班牙菜。

「這是家常便飯，沒甚麼的啊，請不要介意啊。」她邊倒著紅酒，邊跟我們說。

「這個是？」「這個是蛋餅，我們經常做的菜，沒有甚麼特別的，喜歡就多吃吧。」

蛋餅！對她而言，這是最尋常不過的家常便菜；但對於我，卻一試難忘，好想回家學著來煮啊。西班牙的蛋餅是厚厚的，和台灣早餐店吃到的不一樣，它有點像是薯餅，但變大了、變厚了、變圓了，基本是用馬鈴薯來做的，將馬鈴薯砌弄成塊，加入了菠菜、起司和雞蛋，攪拌成餅糊，倒進圓形的平底鑊裡，煎出一大塊圓圓的、高一厘米多一點的厚煎餅。

幸而，我在台北一家西班牙餐廳「Toasteria Café」再嚐到了這份滋味。

「這個蛋餅好好味啊，跟當年在西班牙吃過的一模一樣啊。」

「好懷念在西班牙旅遊的日子啊。」我指著桌上的蛋餅，亢奮地說了起來。

第一次來的時候，是在中午時分，人多的是，不知道當時是否在做甚麼優惠呢，還是它確實是近期的人氣餐廳呢?!店外圍著排隊的人，大部分都是年青人。後來再次光顧是在晚飯的時間，相對上次午餐，今次客人明顯的少，大概下課後才六點，時間尚早了吧（香港人的晚餐時間平均為八點，台灣人則為六點半後，比香港人早一點）。

「這餐廳看來不錯吧，難怪上一次我插針不入啊。」

「怎麼說？」

左上：雞豆醬配煎餅
左下：經典夏卡蘇卡（水波蛋佐洋蔥番茄醬）
右下：西班牙蛋餅配薯條小吃

「你看看那酒吧上的酒品種類，很豐富的，很有外國風情；加上，你背後就正好坐著一桌外國人，預感這餐廳的口味會比較緊貼外國人口味啊。」

「這是以地中海為主題的餐廳哦。」穿著時尚的店員捧上了水和菜單，這麼的介紹著。

「我想試這個蛋餅啊，它說是西班牙口味的啊。」

「好的，還有甚麼呢？」

然後，我們在店員的推介下，多點了一份經典夏卡蘇配雞豆醬煎餅。

「這個經典夏卡蘇配雞豆餅，您們知道怎麼吃嗎？」

我跟朋友互望了一下，「不知道唷。」

「您們拿起一角餅皮，把雞豆醬夾在裡面吃，然後，攪拌一下水波蛋跟番茄醬，再醮一點這盤番茄醬汁，就是了哦。您們試一試，好好吃，味道好搭的啊。」店員臉帶可親的笑容，細心地跟我們解釋著。

吃至差不多八點，餐廳的燈光突然調暗了，看見桌上燭光閃閃。

「我想叫一杯水果酒 sangria 啊。」不知哪來的興緻，不太會喝酒的朋友突然這樣說。

「好啊，我也來杯紅酒吧。」外表如淑女，心如君子的我，為了朋友奉陪到底。

吃著吃著，從西班牙、地中海、韓國，再聊到我回香港期間彼此的經歷，聊個不停，不知不覺，已到晚上九點。

「吃得好飽呀，要不要去東區走走？」

然後，我們買單後，帶點醉意的，走往東區去，好趁晚上十點店舖關門前，來個血拼一下。

很有外國風情的酒吧桌與高腳椅。

Toasteria Cafe

台北市大安區敦化南路一段 169 巷 3 號

(886) 02-2752 0033

星期一至五 11:00 - 01:00 、星期六及日 09:00 - 01:00

台北捷運板南線忠孝敦化捷運站 8 號出口，直走 2-3 分鐘經過 Häagen-Dazs 後右轉小巷子，靠左手邊。

西班牙馬鈴薯烘蛋、經典夏卡蘇卡

享受浪漫歐風，全素的西式下午茶。。。。

第一次來，眼睛已經離不開餐廳裡那有半層樓房那麼高的水晶燈。沿著樓梯走上去，鏡子和爛燭台迎來，老闆找來了設計師特意打造了小閣樓，放著紅色沙發，掛著大大小小的水晶燈，同時可以看到懸在餐廳中間的那搶眼巨大的水晶燈，浪漫的歐洲風情，就在眼前……

「這個看來好好吃啊。」、「這家酒店在做特價呀！」、「如果在這裡吃個 high tea，就可以免費泊車了，很適合我們一家大小寶去哦。」……回想起還是上班族的日子，那星期五的午飯時分，同事們圍著剛買回來的飲食雜誌，看看有沒有「抵食」（價錢經濟又美味）的 high tea。一時間，high tea、high tea、high tea 的……討論之聲此起彼落，響遍整個部門的辦公室區，把正在小睡片刻的我，從夢中抓回來。

外地人都說香港是美食天堂，「大件夾抵食」（分量足而價錢不貴）的東西比比皆是（不過以目前香港的物價來說，還是這樣嗎？我有點表示懷疑），每逢週末和假日，由星級大酒店的傳統英式下午茶、文青小茶室的小巧手工下午茶，到地道茶餐廳推出的下午茶套餐，都吸引著嗜吃又想價錢相對優惠的客人們。

小時候，「爸爸要帶媽媽和我們去中環置地廣場來個 high tea！」好來高級一下。後來，去英國讀書說起這個，卻給同學恥笑，才知道正式的英國下午茶，叫 afternoon tea。為甚麼要笑我呢？雖說 afternoon tea 跟 high tea 都是午後和晚餐前的一餐，可是，afternoon tea 由英國上流社會開始的，他們有感於中午飯後和晚飯之間的幾小時，苦無活動、百無聊賴，遂吩咐傭人們在大約下午四點，準備一些吐司、奶油和紅茶等食物和飲料，坐在花園的小椅子上，圍在一起邊談天邊吃小點，來打發時間；結果，這玩兒火速的成為了英國貴族的潮流。

對比 afternoon tea，high tea 則顯得實務多了。當年工業革命後，工人吃過了午飯，放工回家，辛勞非常，都愛坐在飯桌後的高椅高桌處，喝點濃茶，吃些溫心小點（並非 afternoon tea 中常見的蛋糕啊），然後再等待一天艱辛工作過後的豐富晚餐。這樣說來，high tea 是勞苦大眾的午後茶點，而 afternoon tea 才是矜貴的貴族午後小點啊！如果 office lady（OL）和辦公室的小資族想要感覺高貴一點，記緊要說 afternoon tea，而不是 high tea 了啊。

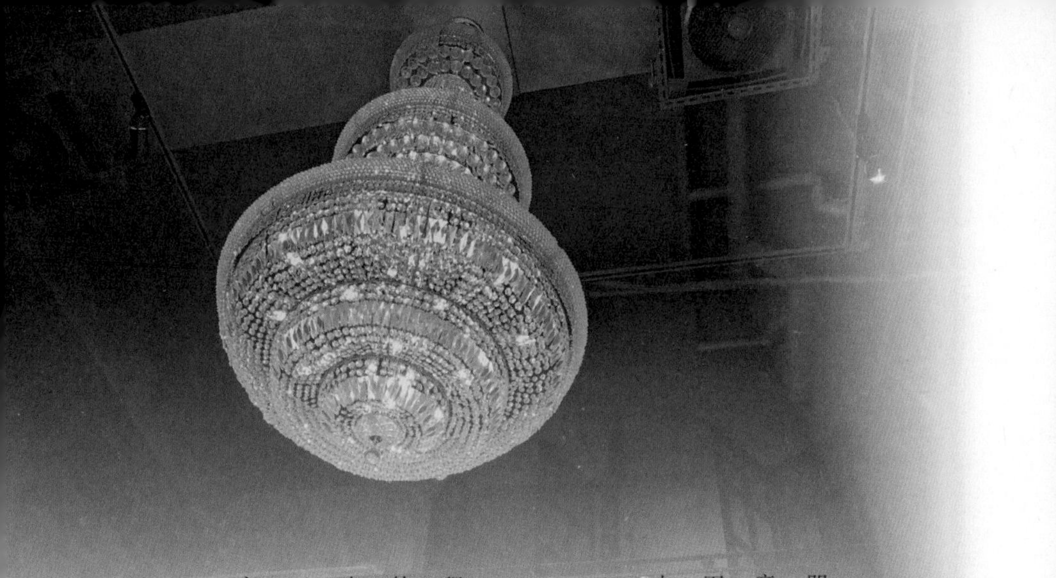

我第一次來到「ēlēment 原蔬」，是平日的晚上，在朋友的朋友邀請之下，開業之前來這裡試菜。餐廳位於國父紀念館公園旁。國父紀念館公園較大安森林公園小，有點像是香港的香港公園，水池飛鳥，樹木茂密，好不寫意，走著走著，來到了附近的小巷，就是這家歐風濃郁的西餐廳了。

「我朋友吃素的，所以找她一起來試試菜。」

「歡迎歡迎唷～」有著溫柔斯文外表的老闆娘甜美的回道。

朋友說這裡的老闆娘是吃全素的，因為老闆覺得太太做的菜很好吃，想著想著，兩口子便決定開一家餐廳，反正在台北類似的西餐廳不多，這樣一來，太太便能一展所長，讓更多人吃到美味的全素西餐。的而且確，台北中式的素餐多的是，但好吃的素西餐卻不太多（我的意思是比較不太遷就台灣人口味的，確確實實是外國人口味的西式菜）。

那天晚上，紅色的帳篷底下，偌大的玻璃門裡面，燭光晃晃，中央巨大的水晶燈，金光爍爍，神秘中帶點浪漫。

「這是我特意從法國找回來的水晶燈。」第一次來，眼睛已經離不開餐廳裡那有半層樓房那麼高的水晶燈。沿著樓梯走上去，鏡子和燭燭台迎來，老闆找來了設計師特意打造了小閣樓，放著紅色沙發，掛著大大小小的水晶燈，同時可以看到懸在餐廳中間的那搶眼巨大水晶燈，浪漫的歐洲風情，就在眼前。

這晚試菜吃甚麼？

「是櫛瓜啊，這個味道烤得剛剛好。」旁邊老闆的友人跟我說。是的，zucchini（西洋翠玉瓜，台灣則多稱為「櫛瓜」）這個東西在台灣，平常是不易找到的。

我們幾個人，試菜一道又一道。在台這一段時間，吃素滷味、魯肉飯和蔬菜火鍋吃膩了，偶然來個西餐，別有一番風味。

「味道如何？」老闆娘從廚房走出來，明明是辛苦異常的一個晚上，還是繼續笑咪咪的向我們問好。

「請多多賜教啊，這裡的菜式都是我太太自己研究出來的啊。」不用我朋友說，聽著老闆如此的推介著，早已看得出他是如何的疼愛太太的了。

這次試菜的個多月後，餐廳正式開張，我跟朋友再次過來。這一趟，遇上陽光燦爛的日子。經過了漫長的陰冷天氣（台北每每踏入秋冬時分，奇怪地灰暗的天氣比較多），難得好

上：élément 原蔬的菜單是由愛煮素菜的素食老闆娘主理的。
下：華麗的水晶吊燈，非常有情調及氣氛。

天氣重回台北，我跟朋友點了店裡新推出的下午茶套餐。這次來的時候，老闆娘不在，只碰上老闆，大概早餐和晚餐的料理工作已教老闆娘疲倦不已，老闆便讓她稍作休息，改成自己和店裡的員工來代勞。

「是你啊！」老闆竟然認出我來。

「你記得我嘛?!」

「老闆你會推薦甚麼嗎？」

「這個下午茶，有我們手打的果汁酸奶，要不要試一下？」

玻璃門內，巨大水晶燈的底下，配合餐桌上精緻兩人份的下午茶——牛角包、小三明治、新鮮水果、果仁果乾乳酪、鮮造的水果冰淇淋等等，看看對座的朋友，再望望放在枱上的墨鏡和照相機，一下子忘卻了自己正身在何處。

來台北旅行的朋友，想吃個「走肉」下午茶，這定必是個讓人一吃難忘的地方。靜靜告訴大家，不喝茶沒關係，他們的黑咖啡也滿好喝的；還有，加點錢可以改成香檳的啊。那麼，不就是一個浪漫粉紅的下午嗎?!

精緻的兩人份下午茶。

élément 原蔬

- 台北市仁愛路 4 段 408 巷 21 號 1 樓
- (886) 02-2703 1099
- 星期日、二至四 11:00 - 21:30、星期五 12:00 - 22:00、星期六 11:00 - 22:00 （下午茶時間 14:00 - 16:00）（逢星期一休息）
- 台北市國父紀念館捷運站 3 號出口，往仁愛路四段方向，步行約 8 分鐘。
- 下午茶套餐、各式早午餐（餐廳會不時更換菜單，增添新意）

尋尋覓覓，在台北吃一頓「西洋菜」

當初不知道這是一家有名的連鎖店，只是生有外國嘴巴的我，多吃了台灣的菜式後，心裡總想念著「西洋菜」，偏偏這家店是難得的素食西餐廳，就這麼不知不覺的，找到這裡來……

「想不想念香港？」聊天的時候，台灣朋友突然這樣問我。十秒鐘之間，頭腦晃了一晃，眼睛轉了一轉，然後彷彿從她眼神裡，看到一副大感不惑的表情，大概朋友不懂為甚麼我會這樣回覆她吧。

記得數年前跟男朋友去歐洲，剛好是初冬時分（十一月份），日光短得很，才傍晚五點，天已變得灰暗。沒了太陽的晚上，如同寒流襲港的日子，走在路上，身子發抖起來，只好雙手插在口袋裡，緊緊的扣著厚厚的大衣，看看能不能找著一家餐廳、走進商場之類，喝杯熱酒或甚麼的，暖暖身，好來躲避寒風一下。

結果，在他的帶領之下，我們走到了一家由北京移居過來、中國嬸嬸開的店子的門前。

是的，男朋友好像有思鄉的病，才出門三天，每天嚷著要去找家中國餐廳，這回，空曠的街道上，只得這家中菜餐廳還開著，正好中了他的下懷。說來奇怪，不管是待在英國念書的時候，還是歐遊的日子，甚至如今身在台北，我倒沒有這股興致——非去弄個點心、廣東粥、湯麵和炒飯等不可的念頭，反倒有想多吃一點台灣在地的菜，或西洋食品的想法啊。

「你真的不太愛吃白米飯的啊。」同學一語中的，「平常午飯的時候，見你多是買份三明治，或去對面的店買份漢堡回來，很少看到你吃甚麼米飯呀和麵線呀之類的啊。」

我真的不是那種無飯不歡的人，簡單的麵包、意大利麵條和蔬果類，才是我的心頭好。趕工的日子，一早起來，烤兩片土司，一個蘋果，加一杯美式咖啡，足已令胃口安頓下來，迎來忙個不停的工作。

初來台北的時候，人生路不熟，不太知道這裡的生活情況，多多少少擔心這邊的西方食材和餐廳不多（印象中，台式和日式的店滿街都是），不容易找到外國的食材或調味料來做食譜，故此，早在香港的時候，就打包了一些乾香草和調味料過來，好讓初到貴境的我，可以馬上開工做菜。說來是天意吧，老天爺知道我有多焦急吧，在誤打誤撞之下，竟然給我找到了附近有兩家外國大賣場，和一家印度食材的專賣店，不必再為做菜的調味料而操心了。

MIACUCINA 是一家食物質素很不錯的連鎖素食店。

話說回這次光顧的餐廳吧。當初並不知道這是一家有名的連鎖店（後來在中山站的商場裡碰見過，在網路上查了一下，才知道的），只是生有外國嘴巴的我，多吃了台灣的菜式後，心裡總想念著「西洋菜」（西餐啦，不是那棵用來煮湯的綠葉菜啦），偏偏這家店是難得的素食西餐廳，就這麼不知不覺的，找到這裡來。

這家「MIACUCINA」位於台北的蛋黃區（旺區），人來人往，店鋪比其他在台的西餐廳來得大，人也特別的多，大概剛好遇上午餐的時分吧，光是拿號碼牌的一刻，前面就已經有十桌的客人在等候著。還好，我是一個人，等了沒多久，店員就把我領到窗邊的座位去。

看著店門口那排食物櫃裡那些閃閃發亮的糕點，以及鄰桌那碟聞來香濃美味的意大利麵，心裡早已暗暗跟自己說：「應該是找對了好吃的店了吧！」

台北是個有趣的都市，這裡價廉物美，比香港更有美食天堂的感覺（個人這麼想啦），可是呢，要找到一家好吃的西餐廳，卻是要點耐性的（或許是這裡的西餐廳往往針對台灣人的口味而改良過來，跟我這個香港人的口味，不太一樣所致吧）。

這家店強調自家用料是百分百天然的，看著菜單上「素培根三明治」的「素培根」三個字份外在意。

素培根三明治，你猜這「培根」是用甚麼做的呢？

右上：起司茄子
左上：羅勒青醬麵
左下：核桃蔬菜沙律

「請問這個用甚麼來弄的呢？」

接過了三明治，故意從裡面的餡料挖了一下來看，找出了一條又一條長長細細的、有點深褐色的條狀薄片，猜想這個是甚麼東西呢，然後急不及待的，來嚐它一下，可是怎麼的嚐，也嚐不出個所以然來，只好向店員查問一下。

店員笑咪咪的說：「對啊，這個，很多客人都有跟我查詢的啊！那是杏鮑菇，用上自家醃製方法，然後烤出來的『素培根』啊。請你放心啊，我們的食材都是天然的，沒有素肉類的啊。哈哈！」

原來，它是杏鮑菇，台灣人真的很會弄杏鮑菇的，想不到烘乾了的杏鮑菇薄片，會變成這樣子的！而且，加點鹽巴來醃製一下，就能化身成蔬食界的培根片，夾在麵包裡，吃得天然，而且別有一番滋味。大家來台北101大樓附近的話，可以考慮過來試一下啊！

鬆餅控不要錯過喔！

MIACUCINA

- 台北市信義區松壽路 11 號 2 樓（新光三越 A11）
- (886) 02- 2722 3120
- 星期日至四 11:00 - 21:30、星期五及六 11:00 - 22:00
- 台北捷運板南線市政府站 3 號出口，往新光三越方向，步行 10 分鐘。
- 羅勒青醬麵、奶油香蒜野菇麵、曬乾番茄蘑菇麵、培根熏奶酪帕尼尼（用杏鮑菇自製而成的素培根）、鬆餅

- RECIPE SHARING -

BY CATHY LEE

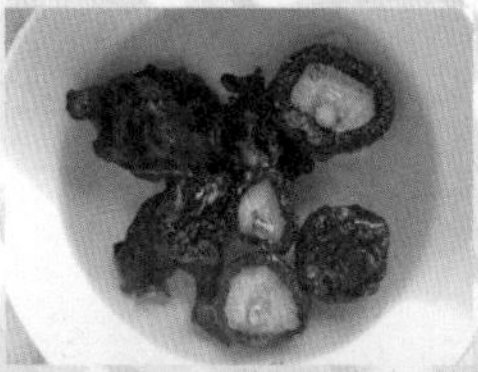

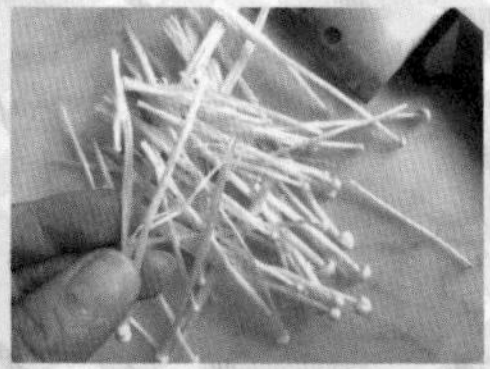

圖 1・圖 2・圖 3
完成圖

筆記：

乾木耳是大塊的。如果改用形狀較小的雲耳，則改成 8 朵。

Cathy's Veggie Kitchen

杏鮑菇雙菌煲仔飯

2 人份｜製作時間：30 分鐘

材料：

糙米 1/2 量米杯
白米 1/2 量米杯
鮮杏鮑菇頭 6 塊
金針菇 1/4 束
香菇乾 6 粒
乾木耳 3 朵
薑 1 塊

調味料：

日本麵豉醬 1 湯匙
豉油 1/2 湯匙
紅醋 1/2 茶匙
黃薑粉 1 茶匙
糖 少許
白胡椒粉 少許

工具：

切菜刀 / 切菜砧板 / 砂鍋 / 蒸鍋 / 蒸架 / 易潔鑊 / 湯匙 / 茶匙 / 湯碗

做法：

1. 混和糙米和白米，用清水徹底清洗，重複清潔三次，便注入剛剛蓋過米飯的水，泡浸至少 15 分鐘。
2. 用熱水泡浸乾木耳和乾香菇（圖 1）。待木耳和香菇變軟後，切去木耳蒂；香菇蒂因為較為軟，可以保留，切成小塊，待用。
3. 刨掉薑皮，加以清洗，切成絲，待用。
4. 將杏鮑菇頭切成厚片。（圖 2）
5. 切掉金針的根部，用乾淨的抹布或廚房紙巾，抹走金針上的泥濘。接著，用手逐條將金針絲撕下（圖 3）。
6. 15分鐘過去，將泡浸米飯的水倒去。泡好的米倒進砂鍋之中，重新注入清水，同樣地注入蓋過米飯、高出約半厘米分量的水。然後，蓋上鍋蓋，用中火蒸煮米飯 10 分鐘。
7. 當米飯在煮的時候，另以中火預熱易潔鑊，倒進 1 湯匙食油，待油煮沸後，將金針絲放入沸油之中，半煎炸，將金菇煎乾成金黃色。
8. 蒸米飯 10 分鐘後，打開蒸鍋蓋及砂鍋蓋，逐一排入木耳塊、香菇塊、杏鮑菇片，再隨意地灑上薑絲。把所有蓋子蓋上，續以中火，多蒸 5 分鐘。
9. 最後，用 1/2 茶杯清水，與 1 茶匙食油，調和所有調味料，用小火，以易潔鑊煮沸成醬汁。吃蒸飯時，按個人口味，加入適量醬汁，撈勻來吃便是了。

伍

咀嚼台北的歷史

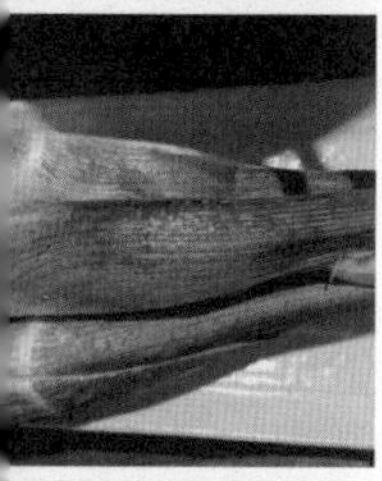

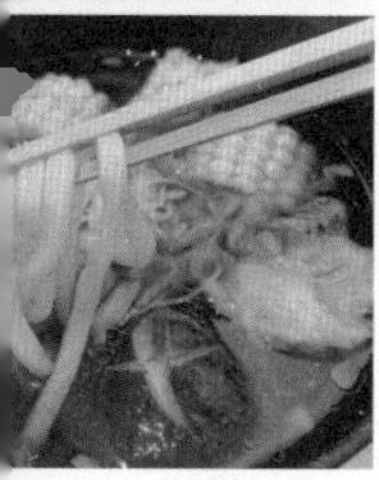

歷史遊蹤，台北城初探。。。

餐廳的陽台很大，或許是老建築物的緣故，景觀遼闊，是我待在台北以來看見最大的。陽台圍欄的正中央，掛著一牌寫著：「……當年蔣中正總統和夫人即多次在此露台上揮手致意……」這是介紹「堡壘廳露台」的牌扁……

西門町的「町」字，引證著台灣日治時期的過去。一八九五年（即光緒二十八年），日本大軍從今天台北市的北門，進入台北城，正式統治了台灣。為了消除滿清政府抗日遺風，日軍除了填平了城河，把台北城西面的城門（簡稱「西門」）拆去（原來曾有建議把所有城門包括東門、南門、北門，以及小南門一併拆除的，只是當時日本政府面對民間的怨聲載道，而令四座城門得以保留了下來），還把今天的成都路、西寧南路、昆明街、康定路之部分（清代屬於艋舺市街的北部），發展成為日治時期的行政區，也成了今天我們熟悉的西門町。

距離西門町（西門捷運站）不遠，是建於一九三一年的「中山堂」，前身名為「台北公會堂」。當時日本政府以紀念昭和天皇登基為理由，把布政使司衙門以及欽差行臺等建築拆

掉，請來當時設計台灣總督府（今天的總統府）的日本建築師井手薰來負責興建。直至日本第二次世界大戰投降，改名為「中山堂」，當時中國戰區受降儀式就在此舉行；還有一九四六年十月二十一日的「台灣光復一週年紀念大會」、日後的國民大會、正副總統就職典禮等，以及多位世界各國的領袖，包括美國總統尼克森和南韓總統李承晚等的招待宴會，都在這裡舉行過。

中山堂有點像舊翼的香港大會堂，主建築不高，只有四層，是一所集會堂、娛樂室、餐廳、貴賓室等功能於一身的場所。位於二樓的「中山堂堡壘餐廳」，室內布置很是別致，大堂靠窗的地方，擺放了一座三角鋼琴，連同復古的餐桌餐椅，以及沙發，隱約地感受到那悠久歷史的氛圍。

「今天陽光燦爛，要不要出去坐坐？」老闆娘見我獨自坐在鋼琴旁，忍不住走了過來，跟我聊天起來。

「有陽台的？」（台灣稱「露台」為「陽台」）

大堂靠窗的地方，擺放了一座三角鋼琴、復古的餐桌餐椅及沙發。

「是喔，只是還沒有好好粉飾過來，不便招呼客人出去坐。不過，您要不要出去看看？」

老闆娘找來紅酒，雖然那是一杯冰凍的紅酒（大概是紅酒已經開瓶了，喝不完，只好放冰箱裡冰藏來保鮮味），但有感老闆娘的熱情，不得不連忙道謝，並隨便出去走走。

「這杯紅酒送您的，不要客氣唷。」（台灣人就是如此的好客和可親，只要聊得開心，不會跟客人斤斤計較，請客〔一杯酒、一個甜點，這類小小心意〕是不少食店的待客之道。）

然後，老闆娘繼續跟我聊天，說著陽台的木椅受著風吹水打，不好保護；圍欄的燈泡又如何給雨天弄壞了，不能再亮了起來；

哪裡要修補，哪裡要重新裝潢，才可以開放給客人等等，活像我是她的好姐妹好朋友，要來商量一下似如何修繕似的。

餐廳的陽台很大，或許是老建築物的緣故，景觀遼闊，是我待在台北以來看見最大的。可以想像到，天晴的時候，中午坐在這喝口咖啡，吃個下午茶；晚上約來三五知己，坐這大陽台把酒當歌，是多麼舒暢的事。

趁老闆娘出去拿意大利麵給我（那是刻意為我煮的奶油蘑菇意大利麵）時，我隨意地在陽台上走，始發現在陽台圍欄的正中央，掛著一牌寫著：「……當年蔣中正總統和夫人即多次在此露台上揮手致意……」這是介紹「堡壘廳露台」的牌扁。呀，台灣人以前會用「露台」一詞的啊！而且，難怪

上：店員特別為我安排的奶油蘑菇意大利麵。
下：雪白牛奶方塊。

陽台這麼寬闊，原來有著它實際的功能！陽台之下正是廣場，是演說的好地方，想這也是當年設計師——井手薰想出來的法子吧。就在這一刻，低頭望向「公會堂廣場」，赫然有種天降任於斯人，恍如領導者的感覺上身，哈哈。

這個堡壘廳露台，曾有一段歷史。

中山堂堡壘餐廳

- 台北市中正區延平南路 98 號二樓
- (886) 02-2331 1186
- 每天 10:00 - 21:00
- 台北捷運板南線西門站 5 號出口，步行 3 分鐘。
- 雪白牛奶方塊、奶油蘑菇意大利麵（要請店員安排啊）

身在西門町，神往京都城。。。

台灣的日式建築滿多，光在台北，列為「市定古蹟」（受保護建築）的至少有六組……西本願寺，是日治時期日本淨土真宗在台北興建的寺廟……茶室的前身是寺廟的輪番所，即寺廟主持休息的地方。這裡有茶、也有點心供應，想吃茶點的朋友，餐牌上有台式及西式小吃，任君選擇……

前一陣子，趁著寒假、課程的空檔，我幾乎每星期都會手執一本書、揹著簡單的背包，便隨意地走遊於台北城中。不知怎的，走著走著，來到捷運西門站六號出口的對面，稍稍離開喧鬧的中心點，遠離了戲院、時裝店和滷水店的區域，漫步到了平時很少旅客到訪的角落，來到一所日式的建築群——「西本願寺」的面前。逛著逛著，心裡不期然讚嘆：「哇，這個庭園區好大啊，日本風格超濃，置身其中有種恍如身處日本的感覺。」

台灣的日式建築滿多，光在台北，列為「市定古蹟」（受保護建築）的至少有六組——紫藤廬、昭和町大學住宅、北投文物館、逸仙公園和臨濟護國禪寺等等。而西本願寺，是日治時期日本淨土真宗在台北興建的寺廟，可是一九七五年曾發生一場大火，原寺廟的建築幾

近燒毀；到了二零零六年間，台北市政府把寺廟修葺，並決定將之列為市定古蹟，令西本願寺得以成為今天開放給公眾參觀的古蹟建築物。

來台北旅遊這麼多次，卻是首次來訪這個隱藏在繁華西門的地標。

大概是前面吧?!沿紅樓旁邊走，走入長沙街二段，遠遠看見一座佇立於小山丘上的鐘樓。

「這幢平房很和風啊。」我心裡讚嘆著。而一轉身，便發現寺廟原來已改頭換面成一家茶室。

「是茶室?只是喝茶的地方嗎?」大概不少人心裡都會有這個疑問吧。

確實，這裡是一所茶室，靠近門口的收銀櫃後，擺放著各式各種的茶葉禮罐。假如你一心來品茗，一定不會失望。

「小姐您一個人嗎？」

「嗯，您好！」

「小姐要沏茶，還是用餐呢？」

不用擔心茶室只有品茗的提供，為了方便客人，原來這裡亦有多款素食套餐，也有輕食的選擇。首次拜訪當天，因為不知情，所以我早在西門町附近吃過了午飯，而專程來到這所別具風味的日式茶室，我當然要沏個茶吧，反正我早想學學茶道。

「您知道怎樣沏茶嗎？」我搖一搖頭。

「沒關係，我會示範給您看的。」

在茶名的餐牌中，我挑了一壺「貴妃蜜香烏龍」，店員小姐緩緩奉上水壺和茶具，還細心地講解沏茶道，由水溫、茶葉泡浸，至送到嘴裡的一口茶，原來都大有學問，難

內裡傳統的和風裝潢布置，讓人感覺置身日本。

上：靜心沏一壺茶。
下：台式菓子拼盆。

怪常聽前輩說沏茶如品味人生，不到一個年紀學不懂（難道我已到要學習沏茶的年紀了嗎?!哈～）

茶室的前身是寺廟的輪番所，即寺廟主持休息的地方。這裡有茶、也有點心供應，想吃茶點的朋友，餐牌上有台式及西式小吃，任君選擇。

「這個茶我想配台式小吃，但分量會很大嗎？我剛吃完午飯，有點飽，有小份的嗎？」

細心的店員見狀，想一想，「幫您配一個小份的好嗎？」店員彷彿看透我的心意，奉來的小份台式點心，竟然包括我想試吃的黑白芝麻餅、綠豆餅和芋餅等。配合那清新的烏龍茶香，讀著手上韓良露老師寫的書，時間不知不覺，在水壺的蒸氣聲、茶香、和榻榻米的草席味中流走。

下一次再來的時候，我帶來了一班住在西門町附近的香港朋友。說真的，在台北跟由香港來的朋友見面，比待在香港的時候還要多呢！大抵當初大家都在香港時，覺得總有機會碰面，不急於約會，加上彼此生活繁忙，也不易找時間相約出來。

「哇，真的很和風啊。」

脱掉鞋子，換過了拖鞋，朋友們早已急不及待的走進鋪滿了榻榻米的茶室。

「你們看，外面是放了石春和小燈座的小庭園啊。」

「好有置身於日本的感覺唷。」另一個朋友一起附和著。

上：美饌餐盒
下：旬菜二段重

「快來，中午時分了，肚子一直在叫，快來點個午餐來吃吧。」坐下的朋友忍不住叫喚著正在瘋狂拍照的朋友。

「這裡本來是一所寺廟……」於是我裝作導遊，娓娓道來茶室跟周邊古蹟的歷史來。

感覺很奇妙，幾個香港人、來到台北、置身在一家由日式寺廟改建而成的茶室。我看著對座來自香港的朋友，再看看那些日系的木窗框，和那滿有草青味的榻榻米，那種香港、台灣和日本的混搭，益發有趣。

大概這陣子上課過度用功，日夜顛倒的我，面對這些視覺、味覺和聽覺的衝激，突然有點迷糊不清──「究竟我在哪？」

然而，我在哪，重要嗎？

八拾捌茶輪番所

- 台北市中華路一段 174 號（台北西本願寺內）
- (886) 02-2312 0845
- 每天 11:30-21:00
- 台北市西門捷運站 1 號出口，走 5 分鐘。
- 台菓子拼盤、旬菜二段重

醉了嗎？恍如置身日本居酒屋。。。。。

橫移木門內面，迎來可愛別致的沖澠石獅和淺草擺設；矮細屏風後，一個又一個的包廂；廚房水吧旁邊的架上，擺放了日本清酒瓶；還有牆上貼著富有日本風味的浮世繪畫作，以及電影復古海報；店裡較後的位置，更有適合同事包場聚腳的大包廂，這些，讓來訪者留下了深刻印象……

重陽節的前後，來了一班香港的好朋友。朋友經常埋怨說，每一次回香港，都是來去匆匆，難得大夥兒能在台北聚首，痛快的玩樂幾天，一定要來找我。「好啊。」鮮有爽快地回覆。看文字和筆記，看到快要發瘋，學期一個接一個，新書計劃一個連一個，而沒法好好安排出國旅遊的我，急不及待的要見見朋友。

「當初搬來的時候，不像現在，一個台灣朋友都沒有交上以前，你是怎樣撐過去的啊？」待我家住宿幾天的香港朋友，突然這樣好奇的問。

是的啦，台灣跟香港語言算是相通（台灣跟香港一樣，書寫語是繁體中文，講的國語和廣東話雖然有別，但是呢，以前在香港讀書或工作，多多少少都有學過和說過普通話），而且台北跟香港也是大城市，交通四通八達，生活機能（設施）跟香港都一樣的便利，基本上待在這裡，生活是沒有問題的；不過呢，對我而言，台北終歸是個陌生的環境，自己不太熟悉的文化，要住下來，必須要重新學習和適應，尤其是這邊朋友不多，遇上有甚麼困難，或心情沉悶時，確曾也有回去香港的衝動。

哈，不過請大家安心，現今科技和網絡異常發達的年代，手機甚麼通訊的 APP 都有，要找身處香港、以及其他地方的好朋友聊天，絕對不是難題。何況，我已經在台北交上一些好朋友啦。

「今天天朗氣清，好想出去走走喔。」

「怎麼了，寫完了？」

「還沒有唷，但總不能每天如『工廠女工』寫東西啦。」

以前打工的時間，一有連假，便計劃出去旅遊，以洗掉工作的疲累。從歐美玩到日韓，最好至少每年能出門兩趟，難怪有名人曾經在節目訪問中說過，如果把花在旅行的錢儲起來，香港人應該可以有足夠的積蓄來當首期買下房子。最近不是忙著上課、準備期末考（學期尾的升班試），就是寫書的稿子，似乎天天待在家裡打拼，雖說書房窗外的景色，視野可

尚算遼闊，能望見晴空，可是面對同一個空間好幾個月，心裡難免萌生逃亡，出去喘個氣的想法。

「有點想在十二月聖誕的時候，出國去。」

「去哪？」

「最好是可以看到雪的歐洲！」我憧憬著。

「你不是一月份就有期末考嗎？」朋友一句話，好比棒子往我頭上敲。忙到爆炸的日子，重複的生活規律，日間寫東西，晚上用來唸書，讓我有回到以前上班的感覺，好想出國好好放鬆身心，和體驗文化上的不同，期望能為構思食譜、為文字創作，帶來新的刺激和靈感的啟發。

「去居酒屋好嗎？」大夥兒的聚會，不是自助餐（吃到飽）、吃火鍋（打邊爐），就是燒烤BBQ，難得群組裡面有人提議去居酒屋。

「對啊，上一次我來的時候，你帶我去的那家，氣氛好好，我們一大班朋友去，感覺應該很不錯的啊。」

「好的，沒問題，我來訂位吧，七位，對不對？」

上：內裡的陳設。
左：紅色門簾很有日式風味。

每次有香港朋友來台北，如果要吃晚飯，都會帶他們來「赤門居酒屋」。以前在香港的時候，亦滿喜歡去居酒屋，還記得蘭桂坊有一家以沖澠為主題的居酒屋，和風的室內設計，加上據説是從沖澠送來的苦瓜和清酒，讓人暫忘身在煩囂的香港。

赤門居酒屋是我待在台北期間，去過的第一家日式餐廳。

紅色的門簾，配合木頭的橫移拉門（趟門），當初就是被它和風的門面所吸引而前來。看過日劇和電影的朋友，對於日本本土的居酒屋，應該有點印象吧？

橫移木門內面，迎來可愛別致的沖澠石獅和淺草擺設；矮細屏風後，一個又一個的包廂；廚房水吧旁邊的架上，擺放了日本清酒瓶；還有牆上貼著富有日本風味的浮世繪畫作，以及電影復古海報；店裡較後的位置，更有適合同事包場聚腳的大包廂，這些，讓來訪者留下了深刻印象。

「這裡真的會讓人以為置身日本啊。」

「我就是喜歡這樣，所以這陣子，沒得出國的日子，常常來吃個串燒才回家。」

「台北沒有別的居酒屋嗎？別家跟這裡不一樣嗎？」

「有！東區那邊就有好幾家，只是還沒有一家如這裡的有風味啊。」

大家去過跟日本的居酒屋都知道，都是以肉食串燒作主打，於是朋友深怕「走肉」

的我吃不夠飽，紛紛叮囑我要多點幾份蔬菜菜式。

「不用擔心啊，這裡我常常來的。他們的東西一來分量大，是香港的兩倍；二來蔬食菜式的選擇也特別的多，我很喜歡這個日式揚豆腐。呀，你們要不要試一下，燒烤筊白筍？台灣出產的筊白筍特別的清甜，尤其是這個時候。」

「多叫一份日式炒雜菌吧。」朋友你一言我一語的，為我勾選了多份日式蔬食菜式。

看見店員送來一客沙拉（沙律），「我們好像沒有點這個啊。」我正想向店員推拒說，朋友便搶著說：「不是，我們怕你沒東西吃，故意多叫來一份嗬。」……

左上：日式揚豆腐
左下：炒雜菌
右下：燒筊白筍

食物（包括他們叫來的肉類串燒，連同給我的蔬食菜），放滿包廂裡的長餐桌，大夥兒鬧哄哄的，喝著從日本進口的生啤，聊著彼此近來的狀況，高談闊論，天南地北，吃著熱熱辣辣、可口的日式串燒，熱鬧非常，好朋友們的聚餐大概都是這樣的吧。

跟朋友相聚聊天的好地方。

赤門居酒屋

- 台北市信義區松隆路 8 號
- (886) 02-2767 6817
- 每天 18:00 - 24:00
- 台北捷運板南線市政府站 1 號出口，往後右轉，步行約 5 分鐘。
- 燒筊白筍、日式揚豆腐（記得要叫店員不要加鰹魚乾啊）

在台北街頭，感受日系小清新○○○○

特別是日治時期出生的一代，對過去的日本統治有著良好的印象，而這個情意結，一直影響著台灣對本土認同、主體性和獨立運動至今。不用說得這麼深奧，像平常吃到的便當已能簡單看得出來。作為一個外國人，尤其是一個素食創作人，不諱言台灣的和風食物，平均來說，CP質（品質）比香港的來得高、且非常便宜……

時為一八九五年（光緒二十一年），由辜顯榮（海基會董事長辜振甫先生的父親）領日軍入台北城的北門後，台灣正式進入了日治時期，直到一九四五年第二次世界大戰結束為止。長達五十年的統治期間，日本進行了「地方自治」的統治，為了好好控制台灣民眾，日人一面在台灣做了很多地方建設，例如鐵路、衛生管理和自來水的系統等等，也一面進行打壓和同化，強迫台灣人學習日本文化、語言，並效忠日本天皇等。走在今天的台北街頭，不難發現當年日人留下的足跡，好像之前有介紹過的「西本願寺」（部分遺址改建成「八拾捌茶輪番所」）和「中山堂」（裡面就有「中山堂堡壘餐廳」）等宗教和地方建設，到總統府、

這是一家蔬食日式餐廳。

監察院廳舍、國立台灣大學等政府機關，以至錦町日式宿舍群等住宅建築，台北不少國定古蹟，都滿有日本風味。

部分台灣史學者曾經提及，在那五十年的統治和同化之下，許多台灣本地人，特別是日治時期出生的一代，對過去的日本統治有著良好的印象，而這個情意結，一直影響著台灣對本土認同、主體性和獨立運動至今。不用說得這麼深奧，像平常吃到的便當已能簡單看得出來。作為一個外國人，尤其是一個素食創作人，不諱言台灣的和風食物，平均來說，CP質（品質）比香港的來得高、且非常便宜——「要吃，就去吃台灣本地的，或是日式的，永遠不會教人失望的。」待在台北之後，我經常都跟從香港來

旅遊的朋友這麼介紹台北美食的啊。

「以南屋蔬食料理」是少數打著和風口味的素食餐廳，之前介紹的「赤門居酒屋」不是素食店，只是有提供「走肉」的蔬食菜式。這家餐廳內裡的裝潢十分日式，猶如進入了日本當地的壽司店。店舖後面和靠近門口的一扇窗外，植有竹樹，微風吹拂下，流露著點點日本水墨畫的風味。

「請問您想吃些甚麼呢？」中午時分，店內在座的客人不太多，店員顯得份外的誠懇（也是的，位於東區的店舖，競爭大，近年來因為經濟和租金的壓力影響下，看著不少開在台北東區的食店垮倒；加上在餐廳內用的價錢不算便宜，平均在二至三百元，對於上班族，中午吃這個價格是有點貴的。）至於門外，則擠滿了客人，因為門外特意擺放了便當車，提供才一百元的中午簡單便當，故吸引了不少附近的上班族去購買。

身在餐廳中，打開菜單，第一頁「藥膳烏龍麵（烏冬）套餐」這幾個字浮現眼前，「『藥膳」』這兩字，不是日本的吧?!」心裡這麼的懷疑著。坦白說，他們的菜單不算是完全日式的，多多少少有為了迎合台灣人口味而變得有點把台式和日式混搭在一起。為了配合店內的裝潢和店名的風味，刻意提供和風口味重的烏龍麵和綜合壽司。不是說在外面沒有日式的素食餐廳，只是很多時候，台灣的日式餐廳會用上假生魚片（大概是用蒟蒻造出來的仿魚生片，即「刺身」）作賣點，在個人原則堅持和口味的關係下，對於這類加工食品是有點抗拒的，如果可以選擇，還是會挑用天然食材來煮菜式，這個也是自己創作食譜的一個堅持。這家餐廳主打日式菜式，並選用了天然的食材，所以，假如大家也像我這個「走肉朋友」有這樣的要求，這裡肯定是讓你滿意和安心的選擇。

烏龍麵套餐配包括有醃過的新鮮山藥（淮山）和豆乾，加上一杯日本玄米茶，和風意濃。個人比較欣賞綜合壽司，不能不說，台灣米跟香港常吃的泰國米很不一樣，米粒

左上：烏龍麵
左下：新鮮山藥及豆乾
右下：綜合壽司

煮來一顆一顆的，不是黏綿的，也沒有泰國米的香，不過，受了日本的飲食文化所影響，台灣遺留著當年用來奉獻給天皇御用的米飯，大家應該有聽過池上米和壽司米等等，這類米飯真的比在香港吃過的，來得更加的好吃！用這些台灣壽司米和珍珠米等做日式壽司，絕對不輸給日本本地生產的。真的，不用跑去日本，在台北也能吃到日本氣氛的美食，以及遊覽大大小小的日式建築。下一次大家來台北，不要再只往夜市跑，不妨去尋覓那日治時期留下來的東西，包括日式美食，或許，會發現一個從前沒有想像過的台北啊。

以南屋蔬食料理

- 台北市光復南路 200 巷 11 號
- (886) 02-2721 7272
- 星期一至六 12:00 - 14:00、17:30 - 20:00（星期日休息）
- 台北捷運板南線忠孝敦化站 1 號出口，沿忠孝東路往國父紀念館方向，步行 5 分鐘。忠孝東路四段 303 號旁巷弄進入，右手邊第一家。
- 綜合壽司

- RECIPE SHARING -

BY CATHY LEE

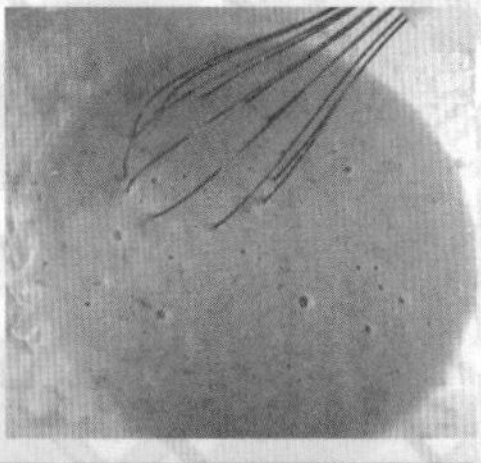

圖1・圖2・圖3
完成圖

筆記：

沒有電動攪拌器的話，可以改用塑膠密實袋，將蒸好南瓜塊放進其中，把袋口封好，然後用手慢慢將之搓揉成蓉（熟了的南瓜肉是很容易搓成蓉的）。

南瓜布甸

4 人份 | 製作時間：40 分鐘

材料：

南瓜 1/2 個
粘米粉 2 茶杯

調味料：

椰奶粉 1 湯匙
黑糖 4 湯匙
鹽 少許

工具：

切菜刀 / 切菜砧板 / 麵粉篩 / 電動攪拌器 / 大沙律盤 / 打蛋器 / 蒸鍋 / 蒸架 / 玻璃托盤 / 平底易潔鑊 / 木舀 / 湯匙 / 小啫喱杯 / 茶匙

做法：

1. 切掉南瓜皮跟籽，用清水加以清洗，然後切成塊。（圖 1）
2. 以中火將蒸鍋裡的清水煮沸，放入蒸架和南瓜塊。接著，蓋上鍋蓋，蒸 15 分鐘。
3. 將蒸熟了的南瓜塊放旁放涼。當南瓜肉不太熱燙時，放進電動攪拌器中（圖 2），攪爛成蓉。
4. 先用麵粉篩隔走較粗的粘米粉粒，才將粘米粉倒進大沙律盤中，順序加入椰奶粉和鹽，並加以撈匀。跟著，倒入攪拌好的南瓜蓉，用打蛋器加以攪拌，再慢慢加入約 1 茶杯清水，至完完全全將南瓜蓉與粘米粉攪匀成南瓜粘米漿（圖 3）。
5. 把倒調好的南瓜粘米漿，平均分到 4 個小啫喱杯中。
6. 以中火煮沸蒸鍋裡水，放入蒸架，然後放玻璃托盤於蒸架上，放置 4 個已注入南瓜粘米漿的小啫喱杯於托盤上，蓋上鍋蓋，蒸 15 分鐘。
7. 當南瓜蒸好後，以中火預熱平底易潔鑊，加入預先調匀了的黑糖和同等分量（4 湯匙）的清水，倒入其中。煮沸後，便熄火，平均地倒在蒸好的 4 個南瓜布甸之上。
8. 最後，將南瓜布甸放進雪櫃冷藏約 1 小時，便可。

陸

大吃特吃自在吃

一人一火鍋，暖意在心頭

台北的一人一鍋店多的是，肉食朋友要吃肉就涮肉，「走肉朋友」需要吃素就叫蔬菜鍋。如果原來的併盤分量不夠（通常不會的，只是怕大胃王不夠啊），或者想多吃甚麼的材料，大可按照自己喜歡的口味，在菜單上多勾喜歡的火鍋料來涮。輕鬆簡單，完美的表現了「同枱吃飯，各自修行」的境界。

踏入十月，氣溫由二十七、八度，降到二十度，加上連續的下雨，體感溫度再降兩、三度。晚上走在路上，風雨交加，非常不好受，朋友笑說：「怎麼秋天沒了，一下子變成冬天。」下課後，太陽伯伯才剛下山，五點多的時分，天色經已變昏暗，彷彿已是傍晚七點。方步出校門，迎來一陣陣寒風，雖說待在台北有一段日子了，早已有了準備，可是急急穿上外套，緊緊圍著心愛的藍色輕圍巾後，還覺得寒冷。

「好想吃個火鍋啊！」忍不住發了這麼的一個短訊給朋友，「今天要一起去吃火鍋嗎？」

雖說十月開始，氣候反常地變得有點寒涼，沒有到非常寒冷的月份，可是，我跟朋友經

上：天喜迷你小火鍋
下：樂翻天百元火鍋

已吃過七、八家不同模式的火鍋店。這個一點倒不驚訝，數一數台北街道，走不到多少步就會看到一家火鍋店，由涮涮鍋店到一人一鍋的，無論是夏天，或者是秋冬天，店裡往往都坐滿人。

「台北街道上最多的不是便利店、公益彩券店，就是火鍋店。」

「哈哈，沒法子啦，台灣人就是喜歡吃火鍋啊。」朋友如此解說。

吃過這麼多家的火鍋店，印象最深刻的，要數到大同區U字型餐枱的「天喜迷你小火鍋」，和松山區那家名字有點賭博感的「樂翻天百元火鍋」這兩家。

天喜迷你小火鍋那U形馬蹄狀的餐枱，叫人想起日本的鐵板燒店和迴轉壽司店。廚師站在馬蹄餐枱內，為不同的客人炒出不同款式的菜式。坐在火鍋枱的一角，對面的吃客清楚可見，吃相雙見，説來有點尷尬，可是當看到店員在U形裡空位忙個不可開交，一面拼勁的捧著鍋子，一邊為客人加湯，一會趕著下單，那走來走去的景象，卻讓我看得出神有趣。

「這個丸子是葷的啊，裡面有肉不是素，不要選啊。」火鍋店員細心地千叮萬囑著。

「走肉朋友」根本不需要走進素食火鍋店，一人一鍋火鍋店的菜單，早已提供有至少一款的素食拼盤；而且，只要你跟店員説明吃素，他們就會很貼心的提醒「走肉朋

友」，湯要改成素，哪個調味醬是素、哪一個是葷的，馬上拿來一大碗的素沙茶醬，還主動為快缺湯水的鍋子加入素湯，讓「走肉朋友」吃得安心又開心。

上：素食火鍋
下：加入素湯

天喜迷你小火鍋

- 台北市大同區南京西路 306 號
- (886) 02-2558 6781
- 每天 11:00 - 14:00、17:00 - 21:00（星期二休息）
- 台北市北門捷運站，往寧夏夜市方向，走約 10 分鐘。
- 素食火鍋

至於另一家我滿喜歡的，是在永春捷運站附近的「樂翻天百元火鍋」。「百元火鍋」顧名思義，就是這裡的火鍋全部不過一百多元，有肉、有蔬食，也有咖喱、韓式和川味麻辣等各種口味的湯底，難怪這麼多一家大小，以及學生們，都愛來光顧。來的時候，正好店舖剛開張，老闆很大手筆送客人每人一份牛肉片。

「我不吃肉的，那可以怎麼辦呢？」

不知道是不是因為第一天營業呢，老闆異常的熱情，「沒關係，我改送你一份蔬菜，好不好？」

「老闆，我們可以把『臭臭鍋』改成素食的嗎？不加肉就好。」菜單上有素鍋一款，可是朋友好想我試一下臭臭鍋（就是放有臭豆腐的火鍋，台灣的臭豆腐是滿有特色的吧），所以乘勢而上代我向老闆問道。

「好，我去廚房看一下。」然後，老闆從廚房走出來，「我把湯底也改成了素的啊。」深受感動的我，忍不住向老闆報以「心心眼」來回謝。

不太清楚台灣人到底有多愛吃火鍋，我倒最愛台北的一人一鍋的火鍋店。可能是「走肉朋友」吧，平常在香港跟朋友吃火鍋，朋友往往會好奇的問：「你可以跟我們一起吃有涮到肉的湯水嗎？」、「肉的味道好重，我們又是肉食狂迷，你確定沒問題嗎？」在台北，「走肉朋友」可放心了，完全沒有這個憂慮。

台北的一人一鍋店多的是，肉食朋友要吃肉就涮肉，「走肉朋友」需要吃素就叫蔬菜鍋。如果原來的併盤分量不夠（通常不會的，只是怕大胃王不夠啊），或者想多吃甚麼的材料，大可按照自己喜歡的口味，在菜單上多勾喜歡的火鍋料來涮。輕鬆簡單，完美的表現了「同枱吃飯，各自修行」的境界。

寫這文章的時候，正好台北降到十七至十九度，回看那些照片，好想馬上衝門口，找來火鍋店，叫個一人一鍋的蔬菜火鍋啊。

樂翻天百元火鍋

- 台北市 松山區 松山路 572 號
- (886) 02-2727-9327
- 每天 11:00 - 14:00、17:00 - 21:00（星期一休息）
- 台北市永春捷運站 3 號出口，往松山高中方向走，走約 10 分鐘。
- 清香素食鍋

We Are What We Eat，「自助餐」的人生哲學

台灣的「自助餐」確滿有哲理——選擇自助餐餐廳的一刻，就是自己飯餸自己來顧，能吃多少就夾多少，能付費多少就吃多少；自己餐具自己處理，不留「手尾」給人家（做事不留尾巴，不要別人來善後）。自己守護自己的脾胃的同時，也學會自律和體諒其他人……

「去打邊爐吧（吃火鍋）？」

「上次不就已經去過了嗎？！」

「那……去吃自助餐吧？」

「也好，反正 Cathy 是吃素的，這樣她也比較有菜吃，哈哈。」

大夥兒相約聚餐，要迎合各人不同的口味，真的不容易，結果換來的，不是打邊爐，就是自助餐的選擇。等一等，自助餐？你是說台灣人口中的自助餐，還是香港人那種自助餐呢？

數不清台北究竟總共有多少間自助餐餐廳（不論是素的，還是葷的）。台灣人說的「自

助餐」，跟香港的好不一樣，那並不是指 buffet 的意思（一個收費，限時間內任吃任喝，台灣的 buffet 會叫作「吃到飽」呢），而是指店裡面放滿了一盤盤已煮好的菜式的餐廳，客人進店後，內用的就拿一個大盤子，外用的就取一個飯盒，拿起夾子，走到放滿了食物的餐櫃旁，按自己的口味和喜好，夾下想要的菜式（有前菜、冷盤，有主菜，亦有甜點的），隨自己想要的分量，放在大盤子上或飯盒裡，然後，拿到櫃檯旁的電子秤上來秤重，店員便會按照食物的重量來計算費用，正所謂「用家自付」——吃多少，就付多少錢。

中午時分，可能這天正好是綠色星期一，餐廳免收白米飯和熱湯的費用的關係吧（平時是要多加十五元的），客人特別的多。夾過自己想吃的菜式，付了費用，拿起盤子，找來餐廳中看起來比較安靜的

台灣人的自助餐是自選食物後，根據重量來付賬的意思。

角落，把包包放在椅子上（台灣就是這麼一個暖暖地方，如果是以當地人為主的社區，不是觀光客會去的地方，暫且把隨身包包放著，即使離開座位一陣子，也不必害怕有人會偷走），再走到餐廳的飯、湯區域，取過了筷子，以及飯和湯，便回來自己的角落慢慢的用餐。

長長的餐桌上早已坐滿了人。「請問這裡有人嗎？」看書看得入神時，有人走來餐桌對面問道。我看看她，搖了搖頭，繼續低著頭來吃飯和翻那還剩下幾十頁的長篇小說。

「不好意思，小姐，請問您知道這個麵線去哪拿？」剛才的人指了指我盤子上的麵線說。

「您有看到那邊放前菜的餐桌嗎？就在那旁邊。」

「那夾子和餐盤呢？」

「您看到門口那邊嗎？就在左手邊白色櫃子裡。」

「有看到了，謝謝您唷。」

記得第一次來到台北吃「自助餐」的時候，曾鬧出不少笑話——走進食店，一臉迷茫，不知道夾過了菜的夾子要放在哪兒，不知道夾好的食物要怎麼處理，更不知道用餐完了要把用過的餐具和沒吃到的食物，拿去回收櫃去，分類回收等等。那時候，記憶中的首個「自助餐」，吃來戰戰兢兢的。在台灣朋友的眼中看來，我那鬼鬼祟祟的動作、不知所措的表情，感到爆笑非常。

吃多少，取多少，不浪費。

現在想來，台灣的「自助餐」確滿有哲理——選擇自助餐餐廳的一刻，就是自己飯餸自己來顧，能吃多少就夾多少，能付費多少就吃多少；自己餐具自己處理，不留「手尾」給人家（做事不留尾巴，不要別人來善後）。自己守護自己的脾胃的同時，也學會自律和體諒其他人。這點，跟台灣的家居廢物分類回收給我啟發一樣——吃多少就有多少廚餘、多少廢膠、多少廢紙和玻璃瓶。不想浪費的話，就只買自己需要的分量，減少用塑膠用品……這等道理，不就跟從台灣的「自助餐」學回來的如出一轍嗎?!

誠食健康素食

台北市大安區忠孝東路四段216巷27弄6號

(886) 02-2721 2388

每天 11:30 - 14:15、17:30 - 20:30

台北捷運板南線忠孝敦化站3號出口，步行4分鐘。

麻辣豆腐鍋、餃子、糖水、黑木耳露

滿足大肚子，不只自助的「吃到飽」

坦白說，「吃到飽」從來不是我的菜（not my cup of tea），一來本身是小鳥胃，吃的不太多；二來，怕了跟人擠在一起，血拼食物的氣氛，而且台北吃不飽的餐廳滿多的，有素也有葷的，價錢也經濟；可是，難得跟在台北認識的朋友們聚聚，也感動於她們顧及我吃素的細心，便答應了出來，成就了我這台灣「吃到飽」的第一回……

跟同事聚餐、與親朋戚友相約吃飯，有人「走肉」、有人是肉食狂、有人愛甜、有人嗜辣，那麼光顧一個價錢、多款食物、任吃任喝的餐廳，最適合不過。香港說這是「自助餐」（英文buffet，香港人會把它唸成「浦菲」），而台灣用「吃到飽」這三個字，則更見到位。

已經記不起第一次嚐「吃到飽」是甚麼時候了，極有可能是在聖誕節吧。每逢聖誕節，當年還是小朋友的我特別興奮（相信這點跟現在的小朋友是一樣的吧），既有禮物收，又有聖誕大餐吃（那些年，幾乎天天吃著媽媽的家常便飯，難得出外用膳，吃的又是西餐，自然開心莫名。現在想來，當然知道媽媽的飯餸才是最矜貴的啦）。而城裡芸芸大小餐廳推出各

有特色的套餐之中，以酒店裡提供的 buffet 最受小朋友歡迎（八十年代成長過來的朋友都會明白，畢竟想當年物質、接觸世界的方法和心態，跟今天的小朋友很不同。那異國風味，那華麗的水晶燈下，擺放巨大聖誕樹的大堂，笑咪咪的聖誕老人，酒店的聖誕 buffet 是多麼華麗和滿足的美食）。

「平常都這麼多人的嗎？」

「不知道耶，可能今天是環保日吧，來的人比平日的多。」

「還好你先預訂了位子，你看我們後面的人潮，要不然，即興走來吃，根本安排不到位子。」

離下午茶用餐的時間還有十分鐘，這家名叫「原素食府」的「吃到飽」餐廳，門廊已經擠滿了等著進去的人群。來到兩點二十五分的時候，「小姐，請問您們幾號餐桌？」

跟朋友聊著天的時候，冷不防身邊飄來了一把聲音，我嚇得連手上拿著的座位紙掉了下來，侍應見狀則用了極快的速度，一下兩下三下的，雙手抓了又抓，成功地接過了我那掉在半空的紙張！

「是10號。」

他笑了一下，而我跟朋友們起鬨了起來，「好厲害，你這樣也接到了！」侍應卻頭也不回，瀟灑地遊走在餐枱之間，領我們來到餐枱前，然後，他點了點頭，笑了笑，就離開了。

「身手利落，好俊氣啊。」身旁的朋友忍不住這麼讚嘆道。

上：食物選擇不少呢。
下：熱素菜專桌。

左上：雖說任吃，但還是吃多少、拿多少吧。
左下：中式素點心。
右上：師傅即烤薄餅專桌。

這是我第一次在台北吃「吃到飽」，朋友說這裡的素食滿有水準的。坦白說，「吃到飽」從來不是我的菜（not my cup of tea），一來本身是小鳥胃，吃的不太多；二來，怕了跟人擠在一起，血拼食物的氣氛，而且台北吃不飽的餐廳滿多的，有素也有葷的，價錢也經濟，可是，難得跟在台北認識的朋友們聚聚，也感動於她們顧及我吃素的細心，便答應了出來，成就了我這台灣「吃到飽」的第一回。

或許下午茶時段只有兩個小時，或許食客們肚子「咚、咚」的叫著了，不少人急不及待，目不轉睛地看著時間，想一次過把美食拿到手。

「這個跟香港差不多啊。」看著旁邊餐枱的人們，我心裡這麼的想。

距離「吃到飽」的結束時間只剩下兩分鐘，飲料區那邊給人群重重包圍著。

「本來想拿杯咖啡，可是看到那堆人，只好走到沒人的汽水區，先倒杯汽水來喝。哈哈。」朋友突破重圍，成功掙脱回來，笑說。

「不好意思啊，有阻到您嗎？可以幫我們拍個照嗎？」四點三十五分，正要離開的時候，朋友轉過身，向正在急忙收執餐桌的侍應請求道。

「一、二、三，笑！再來一張～」四眼的侍應放下手上的工作，笑咪咪的走了過來，拿起手機給我們拍照。拍完了，侍應交過了手機，「您們看看可不可以哦。」仍舊笑咪咪的，還貼心地問道。

「謝謝啊。」

然後他轉過身，繼續他剛才的工作。

「他便是我們進場時，那個用輕功幫我們撿到入座號碼票的侍應嗎？」我順著朋友的手，往正在忙著的四眼侍應瞄了一下。

「是啊，是啊。」我猛力拍著朋友的肩膊道。

「他有聽到啊，看著我笑啊。」

「他們的服務其實非常好，常來幫我們收執桌上的盤子。」

「對啊，這裡洗碗的阿姨應該很辛苦了吧。」

「嗯嗯，我一個人都用了起碼六個盤子啦，今天來的人這麼多！」

「謝謝啊。」、「謝謝啊。」臨別時，朋友邊走邊向有常來幫我們收拾盤子的兩位侍應道謝。

然後，我們捧著吃到滿滿的大肚子，往府中商圈走去……

原素食府

新北市板橋區府中路 29 之 2 號 4 樓

(886) 02-2272 8999

每天午餐 11:45 - 14:00、下午茶 14:30 - 16:30、晚餐 17:45-21:00
（逢星期一為環保日，全日優惠價）

台北捷運板南線府中站 1 號出口，步行 3 分鐘。麻辣豆腐鍋、餃子、芋頭糕、烏豆沙包、冬瓜麻油湯、杏仁茶

- RECIPE SHARING -

BY CATHY LEE

圖 1・圖 2
圖 3・圖 4
完成圖

筆記：

1. 果汁打好，但雪糕還沒有弄好時，可先將果汁雪藏。
2. 鹽和糖可按個人口味加入，不加糖跟鹽其實也可以的啊。
3. 如找不到新鮮菠蘿，則可改用罐頭菠蘿。如用罐頭菠蘿，可以不加糖。

四色蔬果冰

2 人份 | 冷凍時間：3 小時 | 製作時間：15 分鐘

材料：

香蕉 2 條
火龍果 1/2 個
菠蘿 1/3 個
溫室小青瓜 1 條
番石榴 1/2 個
青檸 1/2 個
原味豆奶 1/2 茶杯
冰塊 適量

調味料：

鹽 少許
糖 少許

工具：

生果刀 / 切菜砧板 / 電動攪拌器 / 茶匙 / 塑膠食物盒 / 玻璃杯

做法：

1. 撕去香蕉皮，將香蕉肉切成小段，連同原味豆奶，放進電動攪拌器中，攪成新地 sundae 或軟雪糕狀的模樣（圖 1）；跟著，倒進食物盒裡，放冰格裡，冷凍至少 3 小時。
2. 清洗溫室青瓜，切去頭尾，再切成小塊，放進電動攪拌器中；另，沖洗番石榴，同樣切去頭尾，然後切成小塊（籽的部分不用切掉，一併放攪拌器中攪拌，更有營養），放進已有青瓜塊的攪拌器中（圖 2）；加進一點冰塊（大約 2-3 塊），一起攪拌成汁。跟著，倒進預備好的玻璃杯中成底層。剝去火龍果的皮，切成塊，放進已洗乾靜的電動攪拌器中，加點青檸檬汁（圖 3），和冰塊（也是大概 2-3 塊），一併攪拌成汁。然後，倒進剛才已倒了青瓜番石榴汁的玻璃杯中。
3. 如果新鮮菠蘿還沒有去皮的話，就要用菜刀切去蒂葉和尾部，削走皮，切一半，再切成小塊（圖 4）。之後，連同一點點鹽和糖，放進電動攪拌器之中，攪拌成汁，再倒進之前的玻璃杯中。
4. 最後，取出已冷凍好的香蕉雪糕，舀出一球，放在杯中，四色蔬果冰便成。

繼續往燦爛的陽光去

陽光燦爛的日子，一個人不知不覺的，從松山車站，跑到台北河濱公園。躺在綠油油的草地上，戴上墨鏡，閉上眼睛，感覺著陽光灑在面上的朝氣，腦袋忽發奇想，想到既然一個人待在台北，何不來個「走肉尋味」的「漫吃散策」，好好地跟讀者分享，待在台北這段時間的素食食店的探索之旅呢？

於是，我硬著頭皮，先向專欄的編輯試探，二零一七年七月，小試牛刀的開始了每月一篇的「走肉朋友在台北」的美食遊記；然後，再膽粗粗的，二零一八年年初，把計劃文案自薦給現在的出版社——格子盒作室，成就了今天的《走肉尋味——蔬食旅人之台北漫吃散策記》。

這本書的內容，由：一、食物和人的味道（吃出人情味）；二、台北食店裡的經歷（回味吃貨的歷程）；三、嘴巴對食物的探索（嗜食的發現）；四、在他鄉遇上的他鄉菜（他鄉的饗食天堂）；五、用嘴巴品味台北前世今生（咀嚼台北的歷史）；六、口福中領悟的人生（大吃特吃自在吃）；以及純素創意食譜，七大板塊結集而成的美食遊記、日誌。

當中六個看來低調的純素食譜，既是創意爆發而來的，亦是情感牽動下寫成的。

在此，想特別的說明一下及作出鳴謝（排序不分先後）：

看見「全真素食鐵板燒」的薯條和意大利麵，感慨小時候小食店的消逝，忍不住走入廚房，搓了多個麵團，在反復的失敗中，得來了「合桃酥餅」的免焗爐做法；

不忿找不到專賣韓國菜的素食餐廳，「氣沖沖」的把從水源市場買回來的 zuchinni，煮出韓風濃郁的「韓式櫛瓜煎餅」；

吃過入口鬆化「三水餅店」的酥餅，動力萌生，一心要試用由橄欖油做出同樣是鬆脆美味的全素「黑芝麻酥餅」來；

嚐過「吉利素食餐飲」後，說懷念香港油麻地廟街的煲仔飯又好，說渴求吃啖溫暖的鍋飯也好，拿起了砂鍋，煲了個「杏鮑菇雙菌煲仔飯」；

嚐了「專一豆花」那爽滑彈口的豆花，妄想不用雞蛋和牛奶，而弄來了「南瓜布甸」；然後，喝過「Ooh Cha Cha 自然食」的飲料，決定親手打出顏彩繽紛的「四色蔬果冰」。

每一道均是混和心血與思緒而來的素食創意菜式。希望大家會喜歡啊！

寫成這書，不只是我這個作者的功勞，背後還有很多人的幫忙，包括：

單純地聽我的構思和理念，便予以首肯成書的編輯。她是這書的第一位讀者，亦是專心一意的，把我那或多或少的語病，修正過來的「監製」。感激她。

當初一口答應我，幫我寫序的兩位大人——尊子先生和許悔之先生。

尊子先生是香港有名的漫畫家，為人幽默的他，畫出一幅幅諷刺時弊的漫畫之餘，也是位很會照顧後輩的人。

許悔之先生是台灣有名的詩人、藝術家，也是惜書如命的出版社老闆，感恩於他給予機會，以及為我的寫作路向點石成金。

兩位亦師亦友，是我人生中的奇遇與瑰寶。感謝他們。

謝謝幫忙我拍攝個人照的攝影師兼好朋友——張曉嵐小姐。

每每因為我出書而高興的兩位哥哥。他們曾經為我的書寫過序，今次雖然沒有找他們，但還得衷心謝謝他們心靈上的支持。

感恩爸爸媽媽。

還有，由二零一五年起到今天，陪我一路走來的朋友和讀者。

以及，買這本書，而認識到我的您們。

謝謝支持。

走肉尋味
——蔬食旅人之台北漫吃散策記

作者 —— 李美怡 Cathy Lee
編輯 —— 阿丁 Ding
設計 —— 三原色、阿丁 Ding
協力 —— 許菲

出版 —— 格子盒作室 gezi workstation
郵寄地址： 香港中環皇后大道 70 號卡佛大廈 1104 室
臉書： www.facebook.com/gezibooks
電郵： gezi.workstation@gmail.com
發行 —— 一代匯集
聯絡地址： 九龍旺角塘尾道 64 號龍駒企業大廈 10B&D 室
電話： 2783-8102
傳真： 2396-0050

承印 —— 美雅印刷製本有限公司

出版日期 —— 2019 年 7 月（初版）

I S B N —— 978-988-78040-8-6